我进行试验，把我的信仰写成了一篇小说，这本书就是《悉达多》。

——赫尔曼·黑塞

悉达多

Siddhartha

[德] 赫尔曼·黑塞 著

张佩芬 译

北方联合出版传媒（集团）股份有限公司
万卷出版公司

目 录

克诺尔普

——克诺尔普生平三故事

早春

　　九十年代初期，我们的朋友克诺尔普不得不在医院里住了好几个星期，允许他出院时已是二月中旬，而且气候十分恶劣，因此他刚漫游了几天就感觉自己又开始发烧，于是只得考虑找一个落脚处。他朋友一向很多，几乎在本地区任何小城镇都能轻而易举地找到一个乐意接待他的地方。倘若有一个朋友多少表示了以此为荣，那么他就会感到特别自豪。

　　这次他想到的是住在莱希斯推顿的维斯盖尔贝人艾密尔·路特福斯，他一想起这个人，当晚便在倾盆大雨和猛烈西风中敲击这幢住房已经紧闭的大门。盖尔贝人在二楼把百叶窗推开一条缝隙，朝下面漆黑的街道叫道："谁在外面？有什么要紧事，难道就等不到天亮？"

　　克诺尔普尽管已经精疲力竭，但一听见老朋友的声音，立即有了劲头。他想起几年前曾和艾密尔·路特福斯一起流浪了四个星期，想起那时写的一首小诗，便立即向楼上唱了起来：

　　　　有一个疲乏的流浪人，

　　　　休憩在一家酒馆，

他不是陌生的客人，

正是那个遗失的儿子。

盖尔贝人猛然推开窗户，朝外面探出身子。

"克诺尔普！是你吗？还是一个鬼魂？"

"是我！"克诺尔普喊道，"你想从楼梯上下来呢，还是从窗子里跳出来？"

那位朋友快活地冲下楼梯，打开大门，用一盏冒烟的小油灯照着客人的脸，照得他不断地眨眼睛。

"我们一起进去吧！"他激动地叫着，把自己的朋友拉进屋子。"你的事以后再和我说。我们还有点剩余的晚餐，对了，你还需要一张床铺。我的老天爷，瞧这鬼天气！嗯，你总该有双好靴子吧，是不是？"

克诺尔普听任主人不断发问，不断表示惊叹，只顾小心翼翼地照料着自己破碎的裤腿，以便稳稳当当地摸黑走上楼梯，他有四年未踏进这幢住宅了。

上楼后，他在起居室前伫立了片刻，推开正邀请自己入内的盖尔贝人的手。

"喂，"他细声细气地问道，"你已经结婚了吧？"

"是的，当然。"

"果真如此。我说你这人，你太太不认识我，她会不高兴的。我现在不能打扰你。"

"什么打扰不打扰！"路特福斯大笑着把房门开得大大的，将

4

克诺尔普推进明亮的房间。一张巨大的餐桌上端用三根链条吊着一盏大煤油灯，袅袅的烟雾在空气里摇曳，渐渐化为一条薄薄的烟气，被吸入一根发烫的圆管内，急速向上消失得无影无踪。餐桌上放着一份报纸，还有一只装满烟叶的猪皮烟袋，年轻的女主人似乎刚从梦中被吵醒，睡眼惺忪地从屋角那张小巧狭窄的长躺椅上跳起身来。克诺尔普在耀眼的灯光下最初简直眼花缭乱，不知所措，随后他看着女主人淡灰色的眼睛，客气地同她握手问好。

"喏，这就是她，"主人笑着介绍说，"这就是克诺尔普，我的朋友克诺尔普，你知道他的，我们早就谈起过他。他当然是我们的客人，得替他准备一张床铺。伙计的房间现在正空着呢。不过我们先得一起喝一杯果子酒，再说克诺尔普也一定得吃些什么。我们还有点肝肠吧，是不是？"

女主人奔向室外，克诺尔普看着她的背影。

"她有点受惊了。"他轻声对主人说，可是路特福斯不肯承认。

"还没有孩子吧？"克诺尔普问。

此时女主人又走进房间，端着一只锡制托盘，盛着切好的肝肠和面包片，盘子中央是半只圆形的黑面包，女主人细心地从下面一剖为二，好让客人看见拱圆形面包上一圈凸显的文字：赐给我们每天的面包。

"丽丝，你知道克诺尔普刚才问我什么话吗？"

"别胡说！"女主人表示抗议。克诺尔普转身向女主人笑着解释道："太太，我是信口胡说。"

但是路特福斯不肯罢休。

"他问我们有没有孩子。"

"噢。"她笑笑应了一声，立即又跑出了房间。

"她一直没有怀孕？"当她离开房间后，克诺尔普又问。

"没有，还没有。你知道吧，她想等一等，结婚头几年没有孩子更好些。请吃啊，请尝尝这个！"

这时女主人端来了装着果子酒的灰色和蓝色的陶壶，摆好三只玻璃杯后当即斟满了酒。她动作利落，克诺尔普看着她不禁微笑起来。

"为老朋友的健康干杯！"主人叫喊着把杯子伸到克诺尔普面前。而这位客人只是殷勤地说："首先得问夫人好。请允许我向尊敬的女主人祝福！干一杯，老朋友！"

他们互相碰杯，喝酒，路特福斯高兴得容光焕发，频频向妻子眨眼示意，请她注意自己朋友那种吸引人的仪表。

其实她早就觉察到了。

"你瞧，"她说，"克诺尔普先生比你有礼貌得多，他懂得人情世故。"

"不敢当，"客人连忙说，"每个人只要肯学，都可以学会的。太太，承蒙夸奖，简直让我无地自容。您多会安排餐桌，比得上第一流的大饭馆。"

"够了，"主人大笑着说，"她确实也学过这一套。"

"噢，在哪儿学的？令尊大人是饭馆老板吗？"

"不是的。老人家过世已很久，我几乎没有见过他。我在奥克森酒店工作过几年，你一定是知道这家酒店的。"

"奥克森酒店？从前是莱希斯推顿地区最高级的大酒店。"克诺尔普赞叹道。

"现在也仍然是。对吗，艾密尔？那时候酒店里住的几乎都是些做生意的客商和旅游者。"

"我想，太太，那时您肯定学习很好，工作极其出色！不过管理自己的家政一定更出色，是不是？"

他慢悠悠地、兴味盎然地把软软的肝肠片放在面包上，把撕得干干净净的肠衣搁到碟子边上，呷一口金色的香醇苹果酒。主人怀着愉快而羡慕的心情注视客人如何用瘦削纤细的双手干净利落、玩耍似的干着这些日常生活琐事，女主人也同样感到十分有趣。

"你的脸色从来没有好看过，"艾密尔·路特福斯开始责备客人，于是克诺尔普只好承认自己最近又发过病，在医院里住了一阵子。对于一切悲惨景况却守口如瓶。主人问及了这方面的情形，并探听他今后的打算，还提议替他安排一个长期的糊口职业，这一切确实都是克诺尔普所期待的，也在他的预料之中，不过好似有一种畏怯感猛然袭击了他，他婉言道谢，避而不答，建议将这件事推迟到次日再讨论。

"我们明天或者后天都可以谈的，"他漫不经心地说，"上帝保佑，每天的日子总归按时来临，无论如何我会在这里待些日子的。"

他不乐意为自己安排任何计划，不愿允诺作长期停留。倘若他不能自由支配自己未来的日子，他会感到难以忍受。

"如果我真的要在这里住一阵子，"他继续往下说道，"那么你一定要把我当作你的伙计介绍给别人。"

"有什么不行呢！"主人大声笑起来，"你就是我的伙计！此外你根本就不是维斯盖尔贝人。"

"没关系，难道你还不清楚吗？我在盖尔贝一无所有，学手艺最合宜，不过我干活没有什么才能。你知道，这样我就可以好好写一写我的流浪汉小说。我为付医药费花光了积蓄。"

"可以让我看看你的小说吗？"

克诺尔普从几乎是崭新的上装胸前口袋里掏出那东西，只见它干干净净地包在一块油布里。

盖尔贝人一面看，一面笑道："你总是整整齐齐！人们会认为你是昨天清晨才告别母亲动身远游的。"

随后他将记录和种种邮戳研究了一番，深表钦佩地连连摇头："啊呀呀，多么的井然有序！不用说，你的一切都是高贵的。"

这部流浪汉小书保存得如此妥善，的确是克诺尔普最称心的一件事。小书呈现出优雅的想象，或者说是诗意，却是无懈可击的，对他那一系列光荣纯净、既令人尊敬又富于成果的生活，都正确无误地作了记录，其中尤以这位浪游人极其频繁地变更地点之事惹人注目。克诺尔普写诗歌颂自己获得官方通行证的生活，千方百计地维持这种常常遭逢威胁的生活，事实上他极少干违禁的事，他只是一个没有职业的流浪汉，过着一种没有规律而又受人歧视的生活。他若能不受打扰地不断写他的美丽诗歌，无疑是一件幸事，可惜并非所有的警察都对他友好。他们有时候尽可能听任这个性格开朗、逗人开心的流浪汉随意写作，尊重他精神上的优势和偶尔表露的严肃态度。他几乎没有受过任何刑事处分，事实证明他从没有偷窃过，也没有乞讨过，他到处都有许多受人敬重的朋友；于是大家也就随他自由自在，好似在一幢住宅里允许有一只可爱小猫共同生活一样，大家都对他非常宽宏大量，听任他无忧无虑地在勤劳繁忙、忧心忡忡的人们之间穿行，过着一种无所操心、高贵文雅、色彩绚丽的无所事事的绅士生活。

"我不来打扰的话，她现在早该上床安息了。"克诺尔普大声说，同时把那些纸张收拢到一起。他站起身子向女主人问安告别。

"来吧，路特福斯，我睡在什么地方。"

主人端着油灯带他登上狭窄的楼梯上了顶层，他睡在从前伙计住的房间里。靠墙是一张铁架小床，上面空荡荡的，紧挨着是一张木架床，被褥之类的都已铺放端正。

"想要一瓶睡前酒吗？"主人亲切地问。

"正缺这个呢，"克诺尔普笑着回答，"我们的主人有如此娇小美丽的太太作伴侣，当然不需要这个东西。"

"嗨，瞧你说的，"路特福斯激烈地反驳道，"你现在虽说要爬顶楼，睡冰冷的伙计床铺，可有些时候你睡的地方更为糟糕，有时候甚至什么也没有，只能睡在草堆上。而我们这里有房子，又有活儿，还有一位好心的太太。说真的，只要你肯干，你大概早已经是师傅，而且大大超过了我。"

克诺尔普却只顾飞速地脱下衣服，一下子钻进了冰凉的被窝里。

"还有很多话吗？"他问，"我已经躺好，正洗耳恭听呢。"

"我是很认真的，克诺尔普。"

"我也同样认真，路特福斯。请你别以为结婚是你的一大发明。祝你晚安！"

第二天克诺尔普整日都躺在床上。他觉得身体还是有点虚弱，天气也依然那样恶劣，自己根本就不可能离开这幢房子。上午盖尔贝人来看望他时，他请求主人让他静静躺着休息，只要给他一盘汤当午饭就行。

他宁静而满意地在这间幽暗的顶楼里躺了整整一天，感觉寒冷和流浪的疲劳在逐渐消失，沉湎于温暖的安全感所引起的生活乐趣中。他倾听着密集的雨点敲打着屋顶的声音，还有那不平静的风声，听它时而柔和，时而又狂吼，变幻无常。他时而熟睡时而清醒地躺着，有时候只要光线还充足，他就阅读自己流浪汉图书馆的藏书，这个小小图书馆的内容有：他自己撰写的诗歌和格言，一小捆剪报。其中还有几张图片，这是他从一些画报里剪下的。有两幅图片是他的爱物，由于经常拿出来欣赏，已经破碎缺损。一幅是女演员艾蕾诺拉·都塞，另一幅是一艘暴风中高高掀起在浪尖上的帆船。克诺尔普自童年起就强烈渴望北方和大海，曾多次起程走上去北方海边的路，有一回竟然走到了勃朗许维格。但是这只候鸟总是只走到半路，而且不论在哪儿都待不长，总有一种奇特的忧虑和思乡之情促使他最终又急匆匆迈步走上回转南部德国的归程。也许是因为到了一处讲不同方言、有不同风俗的环境里的缘故,他会变得忧心忡忡起来,再说周围又全是陌生人,常常让他感到为难,所以他无法按常规继续写作他的流浪汉小书。

中午时分盖尔贝人给他端来了汤和面包。他蹑手蹑脚地上了楼,说话也不敢放开声音,以为克诺尔普正在患病,他自己从童年起除了因病而卧床外,还从来不曾大白天躺在床上。克诺尔普感觉十分舒服,却懒得多费唇舌进行解释,只是向主人保证说,他明天定能起床,恢复健康。

黄昏时分有人轻轻敲克诺尔普的房门,而他正在轻轻打呼噜,没有应声,女主人小心翼翼走进来,收起空汤碟,换了一杯牛奶咖啡放在床边的木板上。

克诺尔普其实听见了有人进房的声音,却由于浑身疲乏,或者心情不佳,仍然双目紧闭,躺卧不动,不让别人觉察他醒着。女主人手里拿着空碟子,朝睡着的人看了一眼,客人的头枕在胳臂上,半个胳臂露在蓝格衬衫的袖子外面。她的目光掠过他那纤细的乌发和无忧无虑的脸庞,只见他脸上几乎有一种孩子般的美,她不由得凝视了片刻。望着眼前这位漂亮小伙子,她想起了丈夫告诉她的关于这个人的许多惊险故事。从紧闭的双目再向上看,细腻、开朗的额头上有一对浓密的眉毛;还有被太阳晒成棕色的脸颊,殷红俊俏的嘴巴和细长的脖颈,这一切都引起她的好感,使她回忆起自己在奥克森当侍者的那些日子,在春天的喧哗中总是有这么一个漂亮的陌生小伙子让她着迷。

她沉浸于梦幻中，微微有些激动，为了看清他的整个面容，她稍稍弯下身子，以至于锡汤勺滑出盘子，跌落到了地板上，可怕的一声打破了房间里寂静和惑人的神秘气息。

于是克诺尔普迷迷糊糊地慢慢睁开眼睛，好似他方才睡得很熟。他转过脑袋，用手揉了揉眼睛，随后微笑道："啊，原来是太太！给我送来一杯咖啡！一杯香喷喷、热腾腾的咖啡恰巧是我眼前梦寐以求的东西。噢，谢谢您，路特福斯太太！现在是什么时候啦？"

"四点钟，"她迅速回答说，"您现在趁热喝吧，待会儿我来取餐具。"

她说完便急急忙忙跑出房间，好像忙得一分钟闲工夫也没有。克诺尔普望着她的背影，倾听着楼梯上急匆匆的脚步声渐渐消失。他若有所思地沉吟了片刻，接连摇了几次头，随即轻轻发出一声鸟鸣般的口哨声，转身端起了咖啡。

天色暗下来一个小时以后，克诺尔普开始感觉无聊，他觉得已经睡足了，恢复了精神，并有兴趣再回到人群里去。他舒展了一下身子起了床，穿好衣服，在昏暗的暮色中好像一只貂似的轻轻滑下楼梯，神不知鬼不觉地溜出了住所。风仍然刮得很猛烈，吹来西南方的潮气，雨倒是停了，天空上停留着一大片一大片明亮清晰的云块。

克诺尔普一路探听、一路闲逛，穿过暮色沉沉的大街小巷，走过荒凉的市场广场，在一家敞开的铁匠铺大门前站住了。他看见学徒们正在清扫铺子，他和一个伙计聊上了，一面把冰冷的双手搁在快要熄灭的锻铁炉上取暖，一面漫不经心地询问着城里一些熟人的消息，探听着婚丧喜事，让别人觉得他也是个铁匠师傅，因为他对所有手工艺行当的语言和情况都十分熟悉。

这时候路特福斯太太正在准备晚餐，铁锅在小小的炉灶上叮当作响，接着是削土豆，当一切都准备就绪，晚餐汤也稳稳当当在小火上温着时，她便端着厨房灯走进起居室，站在镜子前端详自己。她看见的正是自己期望的东西：一张丰满的、鲜艳的脸庞上有一双蓝灰色的眼睛，看来头发得稍作改善，便迅速地用灵巧的手指梳理整齐。她在围裙上又擦了擦洗得干干净净的手，然后拿起小灯，急急忙忙登上顶楼。

她轻轻敲了敲伙计房间的门，接着又比较重地敲了第二下，但是仍旧没有回音，于是她把灯搁在地上，用双手轻轻打开房门，尽量不让门发出声音。她踮着足趾向里走，走进去一步后便摸索到了床边的椅子。

"您还睡着吗？"她压低嗓子问。接着又问了一遍："您还睡着吗？我只是来取餐具。"

房间里毫无动静，连呼吸声也听不见，她把双手伸向床铺，但是脑子里闪过一个恐惧的念头，立即缩回了手，转身去取油灯。于是她发现房间是空的，床铺已经细心整理过，枕头和羽绒被都一丝不苟地叠好放好。她头脑昏乱地回到厨房，心情又是害怕又是失望。

半小时后，盖尔贝人上楼来用晚餐。女主人摆好餐具，想谈一谈自己的疑问，却没有勇气告诉盖尔贝人自己曾去顶楼的事。

这时楼下大门口传来轻轻的脚步声，有人走过石块路面，走上了弯曲的楼梯，不一会儿克诺尔普出现在门边，他取下头上漂亮的棕色皮帽，向主人道晚安。

"嗨，你上哪儿去了？"主人吃惊地大声叫道，"生着病还在夜里跑出去！你想找死吗？"

"正是如此，"克诺尔普回答，"感谢上帝，路特福斯太太，我回来得正是时候。我在市场广场就闻到您那好汤的香味，它把我身边的死神赶跑了。"

大家坐下来用餐。主人十分健谈，对于自己的家政和手艺极为自豪。他先是嘲笑自己的客人，然后又严肃地劝说克诺尔普，他应该放弃自己永恒的浪游和无所事事的习性。克诺尔普只是倾听，没有答话。女主人也不吱一声。她很生自己丈夫的气，和漂亮而又风度翩翩的克诺尔普比较，自己的丈夫显得很粗俗，她请客人对她的务务提出意见。钟敲十点时，克诺尔普向主人们道过晚安，又向盖尔贝人借了剃须刀。

"你真爱干净，"路特福斯一边夸奖说，一边把剃须刀递给他，"小心别为胡子而割伤了下巴。好吧，晚安，祝你早日恢复健康！"

克诺尔普在走进自己的卧室之前，先斜靠在楼梯口的小窗户前待了一会儿，想再眺望一下周围的景色，看看天气情况。风几乎已完全停息，鳞次栉比的屋顶上是一片漆黑的天空，湿润而明澈的星星在夜空中熠熠闪烁。

正当他打算缩回脑袋、关闭窗户的时候，对面楼房里突然有一扇小窗户亮了。他看见一间和自己这间一模一样的又低矮又狭窄的小房间，一个年轻女仆走进了房间，右手端着一架黄铜烛台，左手提着一只大水罐，进门后就把水罐放在地上。随后，她用蜡烛照照自己那张狭小的单人床铺，床上铺着红色的粗棉布床罩，简朴而又洁净。她把烛台搁在一个他看不见的地方，接着就在一只漆着绿颜色的小提箱上坐下身来，这种小箱子每个女仆都有。

克诺尔普在对面房间还未开始难以预料的戏剧性表演以前，赶紧吹熄了自己的蜡烛，免得被对方发现，他静静地站着不动，从自己的小窗口弯腰窥视着对方。

对面窗口的小女仆正是他所喜欢的那种类型。她十八九岁，中等身材，似乎还没有长足，有一张姣好的棕色脸蛋，一双棕色眼睛和浓密的黑发。这张讨人欢喜的恬静脸蛋看上去很不快活，坐在硬邦邦的绿提箱上的整个身躯几乎缩成一团，一副可怜巴巴的样儿，于是颇为了解世界和了解姑娘的克诺尔普立即猜到，这个年轻的小东西带着她的箱子来到陌生地方还不太长久，正在想家呢。她把细瘦的棕色小手放在怀里，上床休息之前她要在自己小小的财产上坐一会儿，思念一下故乡的小房间，借以获取短暂的安慰。

克诺尔普和她一样呆若木鸡地站在窗框跟前，怀着一种奇怪的紧张心情凝望着陌生的小姑娘，烛光下，那小东西在她那间美丽小屋里显得天真无邪，根本想不到还有旁观者。他看见那双温顺的棕色眼睛时而睁得大大的，时而又被长长的睫毛所遮没，红色的烛光在她那孩子气的棕色脸颊上轻轻跳动，克诺尔普看见那双年轻的细瘦的手业已十分疲乏，它们憩息在蓝黑色的棉袄上，迟迟不去完成自己最后一件小小的工作——脱去衣服。

最后,年轻姑娘长长叹息一声,抬起了把长辫子盘成鸟窠似的沉重脑袋,心事重重地望着空荡荡的空间,接着便深深弯下腰去,开始解鞋带。

克诺尔普不愿意立刻走开,但是再凝望可怜的姑娘脱衣服未免不妥当,也近乎野蛮。他很希望现在就和她打一个招呼,同她谈谈心,再对她讲一些逗趣的话,让她上床前可以稍稍高兴些。但是他不敢这样,怕吓着她,他这里一喊叫,她那边会立即熄灯的。

他没有和她打招呼,而是想出了他许多小花招中的一个花招。他站直身子,吹起了美妙的口哨,口哨声温柔动听,好像从远处传来似的,他吹的歌曲是《在一处阴凉的地方,转动着磨坊水车轮》,哨声如此温柔动听,以至成功地吸引住了那位小姑娘,她倾听了很长时间,弄不清是什么声音,待克诺尔普吹到第三遍时才慢慢坐直身子,站了起来,倾听着走向窗口。

她把头伸出窗外,细细谛听,克诺尔普仍然不停地轻轻吹着。她的小头随着音乐晃动了几个节拍,猛然抬起脑袋,她辨清了口哨声的方向。

"谁在对面?"她压低嗓音问道。

"一个盖尔贝人,"答话的声音同样很低,"我不想扰乱小姐安息。我只是有点儿怀念家乡,吹一个歌曲消遣消遣。你不是本地人吧,小姑娘?"

"我是从黑森林来的。"

"噢，从黑森林来的！找也是黑森林人，那么我们是同乡了。你喜欢莱希斯推顿吗？我可不喜欢。"

"噢，我说不上来，我到这里才八天。不过我也不大喜欢。您来此地很久了吧？"

"不，才三天。我们同乡人不必客气，用你称呼吧，好不好？"

"啊，我想不合适，我们互相还不认识呢。"

"这有什么，我们会认识的。山和谷不会碰到一起，而人则不同。你老家在什么地方，小姐？"

"您一定不会知道的。"

"不会知道？或者这是一个秘密吧？"

"阿赫特霍生。只是一个小村庄。"

"一个美丽的小村庄，对不对？村庄前面拐角上有一所小礼拜堂，还有一座磨坊，好像还有一家锯木场，你们村还养着一只黄色的伯恩哈德狗 [1]。我说的对不对？"

"是贝罗，一点不错！"

她发现他熟悉自己的家乡，也许确实在那里待过，于是对他的怀疑和戒心顿时消除了许多，立即变得十分热情。

"您认识安德莱斯·弗里克吗？"她急切地问。

"不，我不认识那里任何人。我想，他是你的父亲吧？"

"嗯。"

"噢，噢，那么您就是弗里克小姐，倘若我现在还能知道

---

[1] 伯恩哈德狗 (Bernhardinerhund)，一种瑞士狗，经过驯养专门搭救雪山中遇险的旅客。最初饲畜于伯恩哈德修道院，故名。

您的芳名，我下次再途经阿赫特霍生时，便可以寄一张明信片给您。"

"您就要动身离开这儿吗？"

"不，不会就走的，不过我想知道您的芳名，弗里克小姐。"

"啊，我也还不知道阁下尊姓大名呢。"

"抱歉得很，不过情况立刻便可改变。我叫卡尔·埃贝哈德，如果我们在白天又能遇见，您就知道怎么和我打招呼。我怎么称呼您呢？"

"芭芭拉。"

"很好，非常感谢。您的名字发音很难。我简直想打一个赌，我敢说在您的家乡大家都叫您芭贝蕾。"

"大家是这么叫的。既然您什么都知道，为什么还老问我？不过我们现在该休息了。晚安，盖尔贝人。"

"晚安，芭贝蕾小姐。睡觉是好事，为了祝您好，我现在再吹一首曲子。别走开，没有关系的。"

于是他坐下来，吹起了一首技巧复杂的变声的歌曲，采用了双重音和颤音，美妙得就像是舞蹈音乐。她满怀惊奇地听着这场技巧表演，当周围一片寂静时，她轻轻关上了窗户，在里面闩得紧紧的。这时克诺尔普仍坐在没有点灯的房间里。

清晨来临，克诺尔普这次是及时起床的，用盖尔贝人的剃须刀剃了胡子。盖尔贝人大概已留了好多年的大胡子，因此剃须刀钝得不行，克诺尔普不得不在自己的背带上足足磨了半个钟点，这才剃下了胡子。一切收拾妥当后，他穿好上装，手里提着靴子，下楼走进厨房，厨房里很暖和，散发着咖啡的香气。

他向女主人借用鞋刷和鞋油，想擦擦靴子。

"什么话！"她嚷道，"这不是男子汉干的活。让我帮您擦。"

但是他不肯让步，最后她只好挂着尴尬的笑容把刷鞋用具递给他。于是他开始干这件活计，鞋子刷得极地道、极干净，很像一个男人偶然有机会，又有兴趣干一件手艺活时那么兴致勃勃，他认真而又快乐地擦着，不一会儿便完成了这项手工活。

"您的活计干得真漂亮！"女主人眼睛注视着他夸奖说，"瞧您全身一尘不染，好像正要去会见心爱的人似的。"

"噢，这正是我最喜欢做的事。"

"我相信这话。您一定有一个美人儿的。"她笑笑后又追问道："也许甚至有好几个美人儿吧？"

"嗨，这样可不妙，"克诺尔普活泼地反驳说，"我还可以给您看看她的画像。"

她好奇地走近他身边，看着他从胸前摸出一只油布小包，打里面掏出心上人的画像。她饶有兴趣地注视着这张画像。

"一个极雅致的美人，"她开始小心翼翼地加以赞誉，"她几乎像一个真正的贵夫人。不过我当然要说她看上去瘦了一点。她身体很健康吗？"

"据我知道，她很健康。行了，我们现在应该去看看老头子了，我听见他在起居室里。"

他走过去，向盖尔贝人道过早安。起居室打扫得干干净净，由于四周明亮的护壁板，挂钟，镜子，以及墙上挂着的许多照片，使整个房间显得亲切而又舒适。克诺尔普心里暗自思忖，如此整洁的起居室，冬天住着真不赖，但是为此而必须结婚，代价未免太大。女主人向他表示的殷勤热忱，丝毫也不令他高兴。

喝完牛奶咖啡后，他让路特福斯陪伴着参观场院、棚屋，走遍了盖尔贝人的全部领地。几乎每一项手艺他都非常熟悉，提出了一些非常内行的问题，使他的朋友惊讶万分。

"你从哪里学会这些行当的？"他兴致勃勃地问，"人们可以认为你真是我的伙计，或者过去曾经当过伙计。"

"一个人流浪在外时，什么都可以学到，"克诺尔普庄重地回答说，"此外，你这位维斯盖尔贝人所干的行当，是你自己教会我的，你一点也记不起来了？六年或者七年以前，当我们一起出外流浪时，你曾把一切都讲述给我听的。"

"于是你牢牢记到现在？"

"记住了一部分，路特福斯。不过现在我不想打扰你了。真抱歉，其实我极愿意帮你点儿忙的，但是楼下实在太潮湿、空气太闷人，而我又咳嗽得很厉害。那么再见了，老头子，我进城去稍稍走一走，只要像现在似的不下雨，我就多走走。"

当他离开住宅，慢悠悠地顺着盖尔贝人家门外的小胡同朝城里徐步走去时，路特福斯走到门边目送他那略略往后斜戴着棕色皮帽的身影远去，看着他轻松自在而自得其乐地往前走着，见他浑身洗刷得干干净净，小心翼翼地躲着雨水积成的小水潭。

"他真的恢复了健康。"主人带着点妒意地暗自想道。当他回进自己的小洞穴时，思考起自己这位朋友和怪人的问题来。这个人对生活毫无欲求，就像一个生活的局外人，他不知道自己对这些应该加以苛求呢，还是予以容忍。一个勤奋工作的人，不断上进的人，当然会大大改善自己的生活，但是他不可能有一双如此细巧美丽的双手，不可能如此轻捷灵巧地走来走去。是的，克诺尔普是对的。他所做的一切都依照他本人本能的需要，这方面没有多少人能够和他相比拟，他像一个儿童似的和别人随意攀谈，赢得了所有人的欢心，他为姑娘们和妇女们讲述种种趣闻逸事，让每一天过得都像节假日。人们必须听任他随意来往，倘若他病了，需要找一个栖身之处，那么接待他住宿便是一桩令人愉快的光荣任务，人们几乎还应该为此而感谢不尽，因为他会给整座住宅带来欢乐和笑声。

这时候路特福斯的客人正好奇而满意地在小城里转悠，从牙缝里吹出一首军队进行曲，开始不慌不忙地寻访一些他过去熟悉的地方和人。他首先游荡到陡然向上高起的市郊，他认识那里一个可怜的补衣匠，他为这补衣匠遗憾，因为除了补缀破裤子外，还从来没有人请他做过一套新服装，他这方面多少有点才干，因而曾经希望到一个较好的裁缝作坊去工作。但是他结婚过早，并且立即有了一堆孩子，而他的太太又缺少持家的能力。

为寻访裁缝施洛特尔贝克，克诺尔普来到郊区一幢背街房屋的三层楼上。这个小小的作坊好像是悬在高空中的一处鸟窠，因为楼房恰好筑在山谷边缘，人们如果从窗口垂直朝下眺望，看见的不仅是身下的三层楼房，而且是令人眩晕地向下延伸的山峰，山峰上点缀着一座座歪斜的可怜小花园和一片片草坡，远处一大片突出的楼房后墙、鸡棚、山羊厩和兔栏显得杂乱无章，只是依稀可辨，从靠得最近的那些楼房的屋顶向下看去，发现它们都坐落在狭小的深谷里，在这片荒芜地带的对面。这座裁缝作坊因而光线明亮、空气新鲜。勤劳的施洛特尔贝克正弯腰俯身在临窗的宽大工作台上，高瞻远瞩地俯视着世界，就像是一个灯塔看守人。

"敬礼，施洛特尔贝克。"克诺尔普一进门就打招呼，而裁缝师傅被光线照花了眼，只是朝房门眨着眼睛。

"啊，是克诺尔普！"他高兴得叫起来，朝客人伸出双手。"又回老家来了？你爬得老高到我这里，想必有什么事要我做？"

克诺尔普拉过一把三条腿的椅子，坐了下来。

"给我一根针和一段线，要棕色的细线，我检查检查有没有需要缝补的地方。"

他随即脱下外衣和背心，找了一段合适的线，穿进缝衣针，然后用审视的目光检查整件衣服。上衣很好，几乎像是全新的，他用灵巧的手指迅速将每一可疑之处，每一道不太牢固的缝边，每一颗半松动的纽扣都修理得妥妥帖帖。

"你究竟过得怎么样？"施洛特尔贝克问道，"这个季节没有什么可夸奖的。但是归根结底，只要身体健康，无家无室……"

克诺尔普故意咳嗽了下，打断他的话头。

"是啊，是啊，"他随随便便地反驳说，"天主让雨水淋着正直的人和不正直的人，唯有裁缝浑身干净地坐着。你还总是不停地抱怨吗，施洛特尔贝克？"

"嗳，克诺尔普，我没有什么可说的。你听见孩子们在隔壁叫嚷吵闹吧。现在已经是五个了。我整日坐着干活直到黑夜，钱却永远不够用。而你整日游荡，无所事事！"

"错了，老伙计。我在诺伊施塔特的医院里住了四五个星期，他们是不挽留病人的；再说只要那个人病情不太严重了，事实上也不肯在医院里久留。一个男子汉的道路是奇妙的，老朋友施洛特尔贝克。"

"啊，够了，别吹牛了！"

"难道你从来不心平气和？我倒是愿意如此，所以我来到你这里。你意下如何，我的老裁缝？"

"别拿什么心平气和来打扰我！你说你住了医院？我真替你难过。"

"请别这样，事情已经过去了。现在让我们来谈谈那本关于西拉的书和启示录的问题吧？你知道，我住医院时有许多空闲时间，床边又正好有一部《圣经》，我细细读了又读，现在可以好好和人讨论讨论了。这是一部稀奇古怪的书，这部《圣经》。"

"你说得对。一部稀奇古怪的书，而且一半篇幅是骗人的谎话，因为并没有另一部和它相当的书。你也许懂得比较多些，因为你曾经上过拉丁语学校。"

"可是我差不多全忘了。"

"你瞧，克诺尔普——"裁缝从窗口朝外面深不可测的谷底吐了一口唾沫，睁大眼睛、怒形于色地朝下面望了望说，"请看吧，克诺尔普，这与心平气和无关。完全没关系，我就这么朝下面吹口哨，我对你说。我就这么吹口哨！"

流浪汉若有所思地望着他。

"是的，是的。我们已经说得很多了，老伙计。我认为，《圣经》里记载着极其智慧的事情。"

"是的，当你不断翻阅一本书时，会发现到处都有相对立的东西。是的，我是完了，彻底完了。"

克诺尔普站起身来，伸手握住一把熨斗。

"你给我添几块煤吧。"他请求裁缝。

"又要做什么？"

"我想把背心稍稍熨一熨，这顶帽子淋了好几场雨，也需要整理整理。"

"老是这么讲派头！"施洛特尔贝克有点恼怒地叫起来，"你干吗像个伯爵似的打扮得这么雅致，你也知道你不过是个穷光蛋？"

克诺尔普平静地一笑。"别人看着像样些，我自己心里也高兴，倘若你不愿意心平气和地帮助我，那么你就单纯为了友情和对一个老朋友的爱而做这件事吧，行不行？"

裁缝起身走出房门，立即拿着热熨斗走了回来。

"这才对了嘛，"克诺尔普称赞说，"非常感谢！"

他开始小心翼翼地熨皮帽的帽檐，他干这件事远不及缝补时那么熟练灵巧，他的朋友从他手里接过熨斗，亲自动手帮他干。

"我简直太高兴了，"克诺尔普道谢说，"它又是一顶过节戴的帽子啦。可是，你瞧，朋友，你对《圣经》未免要求过高。照我的看法，什么是真理，什么才算是建立了真正的生活，需要每一个人自己去思考，这是不可能从任何书本里学得的。《圣经》已经十分古老，而对于某些事情，今天人们都已经认识和了解了，过去的人却并不认识；尽管如此，《圣经》里还是记载着许多美丽和勇敢的故事，其中有许多讲的完全是真理。某些部分给我的印象竟像是一本美丽的画册，你明白我的意思吧。关于那个小姑娘，那个露丝穿过田野拾麦穗的故事，写得多动人，人们简直像是进入了这个极美丽的温暖夏日，或者感到救世主就和这个小姑娘坐在一起，人们会想：她比所有傲慢的老头子加在一起都更为可爱得多！我发现，《圣经》说得很对，人们能够从中学到东西。"

"是的，是这样，"施洛特尔贝克表示同意，然而又想证明他并不完全正确，"不过事情很简单，因为这是别人的孩子，如果哪个人自己有五个孩子，而且还没有掌握喂饱他们的好办法时，就另当别论了。"

他又重新怒气冲冲，待客人苛刻起来。克诺尔普不愿看见这种情况，想在他告辞之前再给主人讲些高兴的事情。克诺尔普略略沉思片刻。随后对着裁缝弯腰俯身，用自己那双明亮的眼睛严肃地凑近对方的脸凝视着，并轻轻地问："难道你现在不爱你的孩子了，嗯？"

裁缝一下子吃惊得睁大了眼睛。"当然爱的，你想到哪里去了！我当然很爱他们，尤其是那个大的。"

克诺尔普极其庄重地点点头。

"我现在得走了，施洛特尔贝克，我得向你深表谢意。这件背心如今已具有双重意义。至于你呢，你必须爱自己的孩子，并且心情要愉快，孩子们都不小了。请千万注意，我给你讲一些别人不知道的事，你以后也不必告诉别人。"

裁缝惊讶地凝望着对方那双清澈的眼睛，它们已变得十分严肃。克诺尔普非常小声地讲述起来，裁缝师傅好不容易才听清他说的话。

"请望着我！你羡慕我，你不断在想：他生活得多轻松啊，没有家室之累，无牵无挂！事实并非如此。我有一个孩子，一个两岁的小男孩，由一个陌生家庭抚养着，因为他们并不认识孩子的父亲，因为孩子的母亲死在产床上。你不必打听这个城市在什么地方。但是我知道那地方，每当我经过那里，我总要悄悄在那幢房子周围转悠，站在篱笆旁，我期待着，运气好的时候，我见到那小家伙，而我既不能亲他，又不能拉他的小手，至多吹着口哨在他身边走过而已。——嗯，就是这些，现在再见吧，你应该很高兴，因为你有孩子！"

克诺尔普继续在城里漫游，他在一个车床工人工棚的窗口前逗留了一阵，一面闲谈，一面凝望着卷曲的木屑飞速转动而出的情景，半路上他又和一个很和善的值班警察客客气气打了招呼，那人还拿出自己桦木盒里的鼻烟请他吸。他所到之处，总有人告诉他许多家庭和手艺人生活中大大小小的事情，他听说了会计师的老婆过早逝世和市长的儿子极不成器的消息，同时他也回报以其他地方的新鲜逸闻，这些软弱而又好讽刺挖苦的人都把他当作自己的熟人、朋友和分享秘密的知情人，到处都把他和他们自己品行端正的定居生活联系在一起，使克诺尔普十分愉快。那天正是周末，他在一家酿酒厂大门入口处的通道上，从一个箍桶匠口中知道，当天晚上和第二天，这里都有舞会。

舞会经常有，但最妙的是地点，从盖特奋根的洛恩到路特福斯家只有半小时的路程。于是他决定带邻居家的小芭芭拉来跳舞。

很快到了中午时刻，当克诺尔普登上路特福斯家楼梯的时候，一股诱人食欲的浓烈香气从厨房里向他迎面扑来。他站定身子，孩子气十足地张大鼻孔猛吸着这股沁人心脾的香味。但是尽管他轻手轻脚，他们仍然听见了他的脚步声。女主人走出厨房，满面笑容地站在明亮的门框前，浑身都裹在食物的香气里。

"感谢上帝，克诺尔普先生，"她亲热地说，"好极了，您回来得正是时候。我们今天中午吃烤肝，倘若您爱吃，我想，我也许可以特地替您烤一块最好的。您爱吃吗？"

克诺尔普摸摸胡子，随后做了一个骑士式的答谢动作。

"啊，为什么对我特殊照顾呢，只要给我一盘汤喝，我就很快活了。"

"何必客气，一个人大病初愈，应该受到细心照料，否则哪能恢复体力呢？不过也许您不吃肝脏？是有人不爱吃肝的。"

他客气地笑着道谢。

"噢，我不是这种人，给我满满盛一碟烤肝吧，这可算得上是星期日的美味佳肴，在我有生之年，如果每个星期日都有烤肝吃，我可真心满意足了。"

"您和我们在一起什么也不会缺少的。想想我曾在什么地方学过烹调手艺吧！现在您只要知道，这块肝是我特意挑出来给您留下的。它对您的身体有好处。"

她走近他，活泼地望着他的脸微笑着。他理解她对自己的好感，而且这个娇小的妇人也几乎可算很标致，但是他做出什么也没看见什么也不知道的样子。他手里摆弄着那个可怜裁缝刚刚给他熨整齐的漂亮的皮帽子，眼睛望着别处。

"谢谢，太太，非常感谢您的好意。但是我最爱吃麻雀！我在你们家过的简直是娇生惯养的日子。"

她哈哈大笑，用食指做出威胁的手势。

"您用不着装出胆小腼腆的样子，我对您很了解。嗯，烧麻雀！是和洋葱一起烧的吧？"

"我想是这样烧的。"

她回转厨房料理饭菜，克诺尔普坐在已经铺好桌布的起居室里。他翻阅着旧画报，直到主人走进房间，汤也端上桌子。大家吃过饭，三个人又一起玩了一刻钟纸牌，玩牌时克诺尔普又耍了一系列精巧大胆的新花样，使女主人大为惊讶。他懂得如何懒洋洋满不在乎地把纸牌搞乱，又一下子闪电般地排列整齐，然后文质彬彬地把牌扔到桌上，有时又让大拇指嗖的一声滑过一摞纸牌边缘。主人以惊奇和宽容的态度望着他，像一般工人和市民看待不能挣钱的艺术一样。女主人却是以行家的眼光观察着这一说明客人擅长社交的标志。她的目光平静地、十分注意地停留在克诺尔普那双修长而没有被沉重劳动磨损变形的纤细的手上。

一道微弱的时隐时现的阳光透过小小的玻璃窗照进房间，照在桌子上、纸牌上，那微弱的光线无力地在地板上嬉戏，在粉刷着蓝色的天花板上颤动，旋转不停。克诺尔普那双闪光的眼睛把一切都切切实实看在眼里：二月阳光的嬉戏，住宅里恬静的和平气息，老朋友那张手工艺匠人的勤恳严肃脸容，还有漂亮的女主人那种躲躲闪闪的目光。这种目光使他不快，这对他并不意味着目标和幸福。他暗自思忖，等我身体康复，等夏日来临时，我决不在此多待一个钟点。

当路特福斯把纸牌收拢叠齐，又望望钟时，克诺尔普说："我想到阳光下去散散步。"他和主人一起走下楼梯，看着主人走进干净的仓库和那些兽皮待在一起，便继续往前走，消失在荒草丛生的狭长的花园里，花园中间有一个用槲树皮鞣革的大坑，花园一直延伸到一条小河边。盖尔贝人在河面上架了一座木板小桥，以便漂洗他的毛皮。克诺尔普坐在小桥上，双脚悬在平静而又急速流逝的水面上，饶有兴趣地望着从身下悠然自得飞快游动的黑色鱼儿，后来他又开始好奇地研究周围环境，因为他一直在找机会和对面那个年轻女仆好好谈谈。

花园被一道钉得歪歪斜斜的木板篱笆一隔为二，而在河水里，一座座木桩早已朽烂，有的业已消失，人们可以毫无阻拦地踩着一个个残根到达彼岸。毗邻的花园看上去照料得颇为细致周到，远远胜过维斯盖尔贝人这片荒芜的草地。人们可以望见那里有四排花床，经历了严冬之后它们长满了野草，并且有点下陷。莴苣和越冬菠菜稀稀落落地生长在两行长形花坪上，玫瑰花丛弯弯地伸出地面，好似一顶皇冠埋在地里。再远些有几棵美丽的云杉树，遮没了主人的房屋。

克诺尔普仔细地观察了毗邻的花园，看清了云杉树间那幢房子，厨房就在房屋的后面，随后便悄悄地走近住宅，没等多久，便看见那个年轻女仆高高挽着袖子在操持家务。女主人也在厨房里，她不断地发号施令，指点教诲，这是一个典型的泼辣女人，没有一个女学徒愿意为此付出代价，这些每年都要更换的女学徒后来离开那里时，也决不会道谢。主妇教诲和指责的声音现在已较为缓和，不带恶意，而那个小姑娘似乎也早已对此习以为常，因此她脸色平静，不受干扰地依然干着自己的活计。

闯入者向前伸出脑袋，身子斜靠着树干，站立在一边。他像一个猎人，好奇而警惕地注视着，也像一个荒废光阴的懒汉，把旁听和旁观视作自己的生活本分，心满意足地在一旁耐心偷听。他很喜欢青年女仆的容貌，这容貌透过玻璃窗看得清清楚楚，同时他又从主妇说话的口音里判断出她不是莱希斯推顿人，她的老家肯定在离此不远的山谷上部。他悄悄地偷听着，嘴里咀嚼着一根芳香的杉树枝条，过了半个小时，过了整整一个小时，直至主妇消失不见，厨房里变得一片寂静为止。

他又等待了片刻，接着小心翼翼往前走去，用一根小树枝敲打着厨房窗户。小姑娘根本没听见，他得再敲一回。于是青年女仆走向半开的窗户边，把窗子完全打开后朝外面观望着。

"啊，您在这里干什么？"她压低嗓门嚷着问道，"简直吓了我一跳。"

"在我面前不必害怕！"克诺尔普边笑边说，"我只是来向您说一声上帝保佑，再向您问好而已。正好今天是星期六，请允许我询问您明天下午是否有空和我一起稍作散步。"

她望望他，摇了摇头，然而看见他脸上露出一副十分绝望的沮丧表情，心又软了。

"不行，"她友好地说，"明天我没空，上午还要去教堂。"

"噢，噢，"克诺尔普喃喃嘟囔地说，"那么今天晚上您肯定可以和我一起出去了。"

"今天晚上？是的，我有空，但是我要给家乡的亲人写一封信呢。"

"嗯，写信顶多花一个钟点，用不了整整一个夜晚。您瞧，想到我还能和您再聊聊天，我多么高兴。今天晚上，如果天上不下冰雹，我们肯定可以美美地散一阵子步。行了，请放心，您用不着怕我！"

"我没有怕，没有害怕您。不过这不行。倘若让别人看见我和一个陌生男人在一起散步——"

"可是芭贝蕾，这里并没有人认识您。而且这实在也不是罪过，和任何人都毫无关系。您现在已不是小学生啦，是不是？好吧，请别忘记，八点钟我在健身房下面等您，就在牲畜市场的栅栏旁边。或者我早一点来接您？我可以提早做好准备的。"

"别，不要，请别提前来。无论如何——您千万不要来，这不行，我不能——"

克诺尔普又露出一副孩子气的悲戚模样。

"好吧，倘若您实在不愿意，那就算了！"他悲哀地说，"我考虑过，您在这里感到陌生和孤独，常常想家，而我也是，因此我们可以相互稍稍谈谈心，我很愿意听听阿赫特霍生方面的情况，因为我也曾到过那里。当然我不能强迫您，您也千万别生我的气。"

"生您的气！我只是觉得不应该而已。"

"您今天晚上有空的，芭贝蕾。您只是不愿意而已。也许您还想再考虑考虑。现在我该走了，今天晚上我会在健身房那边等候的，如果没有人来，我就一个人散步，我会想着您，想到您正在给阿赫特霍生的亲人写信。那么再见吧，别往坏里想我！"

没等她再说些什么，他就略略点了点头走开了。她目送他消失在云杉树后，脸上露出茫然若失的神情。接着她又开始干活，女主人已经出门去了，她忽然高声而喜悦地唱起歌来。

克诺尔普听得清清楚楚。他又坐在盖尔贝人的小桥上，把一块面包搓成一个个小球，这面包是午餐时藏在身上的。他轻轻地把面包球一个接一个地扔进水里，沉思地凝视着它们如何下沉，如何被水浪驱赶着稍稍移动位置，当它们沉到黝黑的水底后又如何被幽灵般静候着的鱼儿一口吞食了。

"怎么样，"晚饭桌上，盖尔贝人对他说，"今天是周末晚上，你不会懂得一个人辛辛苦苦工作了整整一周后，感到周末晚上何等美妙。"

"噢，我能够想象的。"克诺尔普笑着回答。女主人也跟着他一起笑，并狡黠地望着他的脸。

"今天晚上，"路特福斯用一种果断的声调说，"今天晚上我们一起好好喝一罐啤酒，立刻就喝，怎么样？明天呢，如果天气好，我们三个人一起出去郊游。你意下如何，老朋友？"

克诺尔普用力拍了拍朋友的肩膀。

"我必须说，和你在一起真愉快，我也很高兴出去郊游。今晚我还有件事要料理，我在这地方有个朋友，我一定得去看望他，他就在那边锻工场工作，而且明天就要出门远行。——所以，现在我很抱歉，不过明天我会和你们待一整天，我一定不会答应参加别的活动的。"

"目前你真不该黑夜里还跑来跑去，你的病还没有痊愈呢。"

"嗳，哪能这么娇惯自己，越娇惯越糟糕。我不会回来很晚的。你把钥匙搁在哪儿？我可以自己开门进来。"

"你真顽固，克诺尔普。好吧，去吧，钥匙藏在地下室门下。你知道那个地方的，是不是？"

"是的，知道的。那么我走啦。你应该及时上床才好！晚安，太太。"

他走出房间，当他已经走到大门口时，女主人急匆匆从后面追赶上来。她拿来一把雨伞，硬要克诺尔普带上，克诺尔普很为难，究竟拿不拿呢。

"您要当心自己的身体，克诺尔普，"她说，"现在我带您去看待会儿您去取钥匙的地方。"

她在黑暗中拉着他的手，带领他走到楼房的一个角落，在一扇窗户前突然站定身子，百叶窗关得严严的。

"我们的钥匙就搁在这扇窗户的下面，"她有点兴奋地细声说，并轻轻抚摩着克诺尔普的手，"您顺着缝隙一摸就可以摸到，钥匙就放在檐板上。"

"噢，非常感谢。"克诺尔普窘迫地说，同时抽回自己的手。

"在您回家之前，要我为您留一杯啤酒吗？"她又提议说，身子轻轻贴近克诺尔普。

"不，谢谢，我很少一个人喝酒的。晚安，路特福斯太太，非常感谢。"

"用得着这么紧张吗？"她温柔地细声说，抓住了他的胳臂。她的脸紧紧挨着他的脸，经过一阵子尴尬的沉默后，他觉得自己不能够粗暴地推开她，便轻轻用手抚摩着她的头发。

"可是现在我一定得走啦。"他突然高声叫道，并且往后退着。

她张着嘴朝他微笑，在黑暗里可以看见她牙齿在闪光。接着她又十分轻声地说："我要一直等到你回家。你真是一个可爱的人。"

他急急忙忙走到了漆黑的小路上，胳臂下夹着雨伞，等他拐过下一条街角时，为了显示自己是一个呆头呆脑的绅士先生，他吹起了口哨。这回是另一首歌：

> 你以为，我会接受你，
> 这全是痴心妄想，
> 我为你感到羞惭，

因为我还是社会的一员。

风很和煦，漆黑的天空里不时有星星在闪现。一群年轻人在一家酒馆前喧闹着迎接星期天的来临，在普福恩酒馆，他看见窗下开辟了新的九柱戏球道，一些市民阶层的绅士先生只穿着衬衫拥挤在一起，嘴上含着雪茄烟，手里掂量着球。

克诺尔普在健身房前站住了，环顾着四周。潮湿的风在光秃秃的栗树丛中柔情地唱着歌，幽深的河水在黑暗中无声无息地悄悄流动着，在一些窗户上反射出微光。这温柔的夜晚使流浪汉全身每一根纤维都感到舒适，他贪婪地呼吸着，感受着春天温暖的气息，乏味的街道和漫游使他回想起过去的浪游：城市、河流、山谷和这一带所有的一切在他非凡的记忆中重现。他熟悉一切，熟识每一条大街小巷，熟悉每一条河道、每一个乡村、每一个村落和农舍，还熟悉每一家小客栈。他敏捷地思索着，筹划着自己下一阶段的漫游计划，因为在莱希斯推顿这里他已绝不可能久留。他唯一的愿望是不让女主人太难堪，为了照顾友谊，他决定过了星期天再离开。

他想，也许应该给盖尔贝人一个暗示，让他注意自己的妻子。但是他从来不喜欢插手他人的家务事，而且也没有必要让别人更聪明些、更好些而帮一手。发生这种情况真让他难受，他的脑子里一出现这位奥克森酒店过去的女侍者就不痛快。他也略带嘲讽地联想起盖尔贝人关于自己家务情况和幸福婚姻的那番慷慨陈词。他明白，当一个人为自己的幸福或者自己的品德而自诩，甚至是自吹自擂时，大多数情况下，别人是难以给予帮助的。他和裁缝朋友关于"心平气和"的那番谈话便已让他获得一次经验。人们可以冷眼旁观他人的愚蠢，可以对他们加以嘲笑，或者给予同情，但是必须听任他们走自己的路。

他忧心忡忡地长叹一声后便将这些思虑统统搁置一边。他斜倚在小桥对面那棵老栗树的树干凹处，考虑着自己下一步流浪生活。他很想径直穿过黑森林往前走，可是山上气候一定还很冷，很可能仍是满地积雪。雪一直没过靴子，再说各个住宿地之间又相距十分遥远。不行，这条路走不过去，他得沿着山谷走，可以在各个小城镇里休息。往前走四小时路程，在河流下游有希尔兴家的磨坊，可以做他第一站稳当的落脚点，那边的人看见气候恶劣会收留他住上两天的。

他站在那里思索，完全忘记了自己正在等候某一个人。这时，有一个瘦小的、行动惊惶的人影迎着呼呼的疾风出现在黑魆魆的桥上，那人影迟疑不决地向他走近。他立即认出了来人，一边高兴地迎着她跑去，一边感激地挥舞着帽子。

"您来了，真是好极了，芭贝蕾，我还以为您不会来了呢。"

他走到她左面，带她沿着林荫道向前漫步。她显得十分拘束、害羞。

"这样实在不合适，"她一再重复说，"要是没人看见我们就好了！"

克诺尔普却有一大堆问题要问，不久姑娘变得平静些了，脚步也跨得均匀而有规律了，最后越来越轻松活泼，像一个老朋友似的在他身旁边走边说个不停，对他的提问和插话也开始感兴趣，热情而又滔滔不绝地讲述着他的故乡、父亲、母亲、兄弟和祖母，讲述着那些鸭子和鸡，讲述着冰雹和病灾，讲述着婚礼和教堂落成纪念典礼。她平凡的经历宝库完全打开了，当她自信这些经历也很重要的时候。最后讲到了她受雇用离开家乡的故事，讲到了她目前的工作，以及雇主家的家政等。

他们早已远远离开了小城，芭贝蕾却毫无觉察。在喋喋不休的闲谈中，她已经忘记了一周来在陌生人中间所度过的沉默而又忍气吞声的漫长苦日子，她变得十分活泼了。

"我们现在在哪里？"她忽然吃惊地叫道，"我们跑到什么地方啦？"

"如果没有弄错的话，我们现在在盖特奋根，刚刚走到。"

"盖特奋根？我们来这里干什么？还不如回去呢，时间很晚了吧。"

"您什么时候必得回家，芭贝蕾？"

"十点钟。不能晚过十点钟。这是一次愉快的散步。"

"离十点钟还早着呢，"克诺尔普说，"我一定想着及时送您回家。不过我们今后见面的机会不多了，今天何不冒冒风险一起去跳一场舞呢，您大概不喜欢跳舞吧？"

她紧张地望着他，十分惊讶。

"噢，我一直想跳舞的。可在哪里跳呢？在这一片漆黑的野地里？"

"您知道，我们现在恰好走到盖特奋根，在洛恩正有舞会。

我们可以去，只跳几支舞，随后便赶快回家，这样我们就算度过了一个美丽的周末。”

芭贝蕾犹豫不决地站着。

“大概会很有趣的，”她慢声细气地说道，“不过人们会对我们有什么看法呢？我不愿成为引人注目的目标，也不愿意让别人认为我们是一对儿。”

突然她又放纵地大笑起来，然后叫道：“当然，倘若要我今后把这次经历看成我的宝贵历史，那么您就不应该是盖尔贝人。我不想伤害您的感情，可是盖尔贝人确实干的都是不干净的手艺。”

“您也许说得对，”克诺尔普和善地说，“您当然不会和我结婚。这里并没有人知道我是盖尔贝人。由于您如此骄傲，我会洗一洗我的双手，如果您愿意和我一起跳一支舞，这双手便会邀请您。否则我们现在就动身回家。”

他们望着黑夜中村边树丛中露出的第一所房子的白色山墙，克诺尔普突然“嘘”的喊了一声，同时伸出一个手指，他们听见了村子里传出的舞蹈音乐，这是一架手风琴和一把小提琴合奏的声音。

“啊，听见了！”姑娘高兴得笑出了声，他们急匆匆地向前赶去。

在洛恩，只有四五对青年人在跳舞，全是克诺尔普不认识的年轻人。这对陌生人进去时没有引起任何骚动，一切都很安静，很有秩序，他们决定跳下一个舞。他们跳了一支农村舞曲和一支波尔卡舞曲，接着演奏的是一首华尔兹舞曲，芭贝蕾不会跳。他们一面啜着啤酒，一面观望着周围，克诺尔普的钱只够喝一杯啤酒。

芭贝蕾由于跳舞而浑身暖和，她用闪闪发亮的眼睛打量着这间小小的舞厅。

"现在该回家了。"九点半的时候，克诺尔普提醒说。

她站起身，表情有点悲哀。

"啊，多可惜！"她轻轻地说。

"我们还可以多待一会儿。"

"不行，我得回家了。这样就够美了。"

他们朝外走，在大门口姑娘又忽然想起一件事："我们还没有为音乐伴奏付钱呢。"

"是的，"克诺尔普有点狼狈地应声说，"他们理应获得二十芬尼的报酬，可是十分遗憾，我已经身无分文了。"

她非常热诚地从自己的衣袋里掏出一只绣花小钱包。

"您为什么不早告诉我呢？这里有二十芬尼，给他们吧！"

他把那枚钱交给了音乐家，两个人又往外走，大门口一片漆黑，他们不得不略停片刻，直到能够看清道路为止。风势更大了，开始下雨了。

"要不要撑伞？"克诺尔普问。

"不，在大风里撑伞，我们会迈不开步的。刚才在舞厅里玩得真好。您简直可算是一位舞蹈大师，盖尔贝人。"

她兴高采烈地谈个不停。她的朋友却变得沉默无语，也许他疲倦了，也许他对逐渐临近的告别感到恐惧。

忽然她开始放声唱歌："我忽而在尼加尔，忽而又来到了莱茵。"她的声音又柔和又纯净，等她唱第二段歌词时克诺尔普也加了进去，他唱第二声部，唱得坚定、深沉，十分动听，她非常满意地倾听着。

"怎么样，现在不想家了吧？"最后他问姑娘。

"噢，是的，"她开朗地笑着回答，"我们以后一定再这么散步。"

"真抱歉，"他轻轻回答说，"这恐怕是我们的最后一次散步。"

她站住了。她并没有听清他说的话，却很喜欢他说话时的忧郁声调。

"出什么事了？"她略为吃惊地问，"您对我有什么意见吗？"

"不是的，芭贝蕾。我要告诉您，我明天就要离开此地。"

"您为什么不早说！这是真的吗？我真感到遗憾。"

"您不必为我感到遗憾。我不可能久留此地的，我不过是一个盖尔贝人而已。您很快便会有爱人的，一位真正漂亮的人，到那时您就再也不会想家了。您等着瞧吧。"

"千万别这么说话！您知道，我非常喜欢您，尽管您不是我的爱人。"

两个人都沉默无语，风呼呼地吹拂着他们的脸颊。克诺尔普越走越慢。他们已经走近小桥了。他终于停住脚步。

"我现在得向您告别啦，这样更好些，您一个人再往前走几步就行了。"

芭贝蕾以一种真诚的忧伤目光望着他的脸。

"您说的都是实话？那么我也还要谢谢您。我不会忘记今天晚上的。祝您一切顺利。"

他握住她的手把她拉近自己，当她恐惧而惊讶地看着他的眼睛时，他用双手捧住她那被雨水淋湿了辫子的小头，耳语似的说道："再见了，芭贝蕾。我希望临别时能够得到您的一吻，这样您就不会把我完全忘却了。"

她略略颤抖了一下，努力挣脱身子，但是她看到他的目光既善良又悲哀，同时也看清了他有一双极美丽的眼睛。不待她做出决定，他就吻了她一下，她觉得他是认真的，还看见他嘴唇绽出一丝淡淡的笑意，不由得热泪涌上了眼眶，同时用力回吻了他一下。

接着她便匆匆跑开了，刚刚跑过小桥，却又突然转过身子，跑了回来。克诺尔普仍站在原地未动。

"怎么回事，芭贝蕾？"他问，"您该回家了。"

"是的，是的，我就走。请您不要往坏处想我！"

"我肯定不会的。"

"您刚才说的什么，盖尔贝人？您刚才说您已经身无分文了？您动身之前总可以拿到工资的吧？"

"不，我不会拿到工资的。不过这没有关系，我会过得去的，请您不必担心。"

"不行，不行！您口袋里多少得有点钱才行。请拿着吧！"

她把一枚沉重的钱币塞到他手里，他发现这是一枚一塔勒的银币。

"您以后可以还给我，或者送我点什么，以后会有机会的。"

他把银币送回到她的手里。

"这不行。您不能随便送掉您微薄的一点钱财！这是整整一塔勒。把它收起来吧！不行，您必须拿回去！这样才对。人不应该做不理智的事。倘若您身边有数目小的钱币，比如五十芬尼或者诸如此类的小数目，我会乐意收下的，因为我现在确实很困难。银币我决不能收。"

他们争执了一番。芭贝蕾不得不拿出自己的钱包作证明，她说她身边只有这一枚银币了。可是事实并非如此，钱包里还有一个马克和一枚二十芬尼的小钱币，这都是当时通用的货币。他要那枚小钱币，她认为太少，他说否则便什么都不接受而告别了，但是最后他还是收下了那一个马克，于是她快步小跑着向家里奔去。

半路上她一直在想，为什么他最后不再亲吻她一下。对于这件事她一会儿感到苦恼，一会儿又觉得特别感人，最后她认为这才算是规规矩矩。

一个小时以后克诺尔普才回到那个家。他瞧见楼上起居室里还亮着灯光。显然女主人还坐在那里等候他。他恼怒地吐出一口唾沫，几乎想一走了事，不管现在是不是半夜三更。可是他已十分疲乏，天上又下着雨，而且他也不想让维斯盖尔贝人难堪，此外，他觉得这个晚上说不定还可以开上一个不大不小的玩笑呢。

于是他摸索着拿到了藏着的钥匙，小偷似的小心翼翼打开了大门，咬紧嘴唇不出一声地关好身后的门，又细心地把钥匙搁回原处。随后他提着靴子，只穿着袜子登上了楼梯，他望见起居室虚掩着的房门边漏出灯光，听见因枯坐久待而熟睡在躺椅上的女主人深沉而长长的呼吸声。他悄悄登上自己的小阁楼，从房间里把门紧紧插上，然后便上床睡觉。而第二天，他已经决定启程继续漫游。

回忆克诺尔普

那时正是快乐的青年时代，克诺尔普也还在世。当时我们一起出门漫游，在这鲜花盛开的盛夏季节，他和我无忧无虑地走在肥沃的土地上。白天我们在金黄色的麦田里闲逛，或者躺在阴凉的核桃树下乘凉，或者就躺在树林边休憩，一到晚上我便总是在一旁倾听克诺尔普给农民们讲故事，看他和孩子们表演影子游戏，听他为姑娘们唱着无数首歌曲。我愉快地待在一旁，毫无妒忌之感，只有他和姑娘们待在一起。他那棕色的脸庞闪着光彩，那些姑娘都被他的玩笑逗得哈哈大笑，同时又目不转睛地凝视着他，对此我偶尔有点妒意，暗想他真是一只幸福的小鸟，或者想自己真不走运，于是我有时候便走开去，免得成为多余的人。我不是去牧师的小屋和主人进行理性的夜谈，并且求宿一宿，便是回到自己的旅舍里悄悄地哭泣一场。

我清清楚楚地记得，有一天下午我们经过一座教堂的庭园，这是一所小教堂，坐落在田野里，离附近的村庄很远，那些高出墙头的深色灌木使整座教堂充满着神秘宁静的气息，教堂静静地躺在这片火热的田野上。教堂入口处的铁栏杆旁有两棵大栗树，铁门已经上锁，我建议继续向前走。但是克诺尔普不同意，他已经习惯于翻越墙头。

我问："又到下班的时候了？"

"当然，当然，否则我脚底怎么会疼呢。"

"是的，这座教堂恰巧是为你准备的吧？"

"但愿如此，你也来吧。农民们生活简陋，这点我很了解，但是他们到了地下会有好报的。因而他们乐意艰苦劳动，乐意在自己的墓穴及其附近种植一些干净的花草。"

这时我也爬了上去，看到的一切证明他说得有理，确实值得翻过这座矮墙。庭园里排列着一行行笔直的和弯弯曲曲的坟墓，大多数都立着白色的木质十字架，这里、那里绿草成茵，鲜花五彩缤纷。风儿和煦地吹着，牻牛儿花摇曳不定，在树荫深处还有迟开的桂竹香花，玫瑰花丛上挂满了玫瑰花，而接骨木树和紫丁香树密密地一棵挨着一棵，枝叶都交错在一起。

我们对庭园里的一切都浏览了一遍，然后便在草地上坐下身来。草地高低错落，长满了野花，我们静静地坐着休息，感觉浑身阴凉，心满意足。

克诺尔普读着最近的那个十字架上的名字："这个人叫安格贝特·奥艾尔，已经六十出头。如今他已长眠在木樨草下，多么美丽的花啊，他现在睡得多么宁静。我希望我到那一天也会有木樨草，目前我暂时先从这里取一枝。"

我说："别摘，你还是采别的花吧，木樨草枯萎得最快。"

他仍然摘下一枝插在自己的帽子上，帽子搁在他身边的草地上。

"这里安静得出奇！"我说。

他说："嗯，不错。倘若更静一些，那么我们就可以听见地底下那些人的说话声了。"

"不可能的。你别瞎说。"

"谁说得准呢？人们不是常说，死亡就是睡眠，而人们睡着时是常常说话的，甚至还唱歌呢。"

"你说的也许是对的。"

"当然，为什么不对呢？如果我死了，我便会在地下等候，等待着星期天姑娘们来到这里，站在坟地周围，弯身采摘某座墓穴上的花朵，那时我就要开始轻轻唱歌。"

"嗯，你唱什么歌呢？"

"什么歌？什么歌都行。"

他躺在地上伸直身子，闭上眼睛，立即用一种轻柔的、孩子气的嗓音唱了起来：

> 因为我过早离开人间，
>
> 请您，年轻的姑娘，
>
> 为我唱一首告别的歌。

当我重新回来的时候，

当我重新回来的时候，

我就是一个美丽的男孩。

我不由得哈哈大笑，我非常喜欢这首歌。他唱得婉转柔和，尽管有时候歌词缺乏完整的意义，但音乐旋律却是无懈可击的，可以说是十分悦耳的。

"克诺尔普，"我说，"你千万别向姑娘们许诺太多，否则她们下回就不来听了。那句'重新回来'的词很好，可是没有人说得准你恰巧就会是一个漂亮的男孩，这可真是说不准的事。"

"当然说不准，这是肯定的。不过我喜欢这样。你总记得，就在昨天，我们曾向他打听路途的那个放牛的男孩吧？我非常想再当一次男孩。难道你不想？"

"不，我不想。我过去曾经遇见一个老人，年龄肯定已七十开外，他神态平和，鹤发童颜，使我感到他身上只存在善良、睿智和安详。从此以后我不论到哪里总是想着自己将来也要成为这样一个老人。"

"好啊，你只是还欠缺一点儿什么，你知道吧。总而言之，这些愿望实在很可笑。如果现在有人点头，我愿立即变成一个可爱的小男孩，而你呢，愿意变成一个和蔼可亲的老头子，然而并没有人对我们点头。因此我们也就乐意保持我们的现状。"

"这也是现实。"

"是的。不过请注意。我常常自己思忖，究竟什么才称得上是最美好、最出色的呢？是不是一个金黄头发的苗条少女？这看法并不准确，因为人们常常可以发现，黑姑娘似乎更为艳丽。此外，我脑海里还一再出现这种想法——最美好最出色的首先应当说是那一只自由地翱翔在高空的美丽鸟儿。而另一回我又不动感情地想到了一只蝴蝶，例如一只纯白色的、翅膀上带红点的蝴蝶，有时候又想，这或者是傍晚时分天边云层间放出的一缕霞光，它把一切都照得发亮，却不会照瞎人的眼睛，万物因而显得既愉快又纯洁。"

"说得完全正确，克诺尔普。这才是万物中最美丽的，只要人们在美好的时刻看见这一光景都会这么想。"

"是的。不过我还想到了别的东西。我想，最美好的情况应该永远是——人们在心满意足的时候也还有点儿悲哀，或者有点儿恐惧。"

"那又为什么？"

"我认为，人们也许完全找不到一个绝对美丽的姑娘，因为人们不懂得，她受时间制约，她会衰老、死亡。倘若有一些美好的东西永远长青，永恒地留存世间，我一定会感到极其愉快，但是事实让我寒心，这一点你也一直看得清清楚楚，因为它不可能发生在现实的今天。相反地，我只看到一些终将消逝的、不能永存的东西，于是我不仅高高兴兴予以接受，而且还产生了同情之心。"

"噢，是的。"

"因此不论到什么地方，倘若能在夜里燃起一堆火，我便认为是无可比拟的妙事了。黑暗中会升起蓝色和绿色的光球，正当它们升腾到美的顶点时，就转化为一道小小的弧形而消失不见。人们如果在一旁观看，那么人们既会有欢乐，也会同时产生恐惧：两者是互相协调，同时并存的。倘若火焰能持续较长时间，岂不是美事，是不是？"

"是的，当然。不过也并不适用于一切事情。"

"为什么不适用？"

"我举一个例子。如果有两个人相爱，于是结婚了，或者是两个男子有交情，便建立了亲密的友谊。因此，唯独有持久性的事才算是美事，而美事就不该再有一个离散的结局。"

克诺尔普审视着我，然后忽闪了一下浓黑的睫毛，沉思地说："你说得也在理。然而这也和其他一切事物一样，总有终结的一天。关于友谊反目成仇，爱人变成敌人这样的情况也屡见不鲜。"

"这是事实，不过在破裂来临之前，人们绝不会想到的。"

"我不知道该怎么说才好。你瞧，我这一生中曾经有过两次恋爱，我的意思是真正的恋爱，两次恋爱时我都曾断然认定是永恒不变的，除非死亡才能加以中断，可是两次恋爱都以破裂而告终，而我本人却并没有死亡。我也有过一个好朋友，还是我在家乡时结下的生死之交，我从来没有料想到我们两人会在活着的时候绝交。然而我们却断了往来，早就断了往来。"

他静默下来，我也无言可说。人和人之间因某种关系而造成的痛苦，我还从未尝过，同时我也不曾有过这种体验——在两个互相联结得极其紧密的人中间，永远存在着一个裂开着的深沟，唯有爱，唯有一个钟点接着一个钟点用苦难架起桥梁才可能加以沟通。我思考着我的伙伴刚才那番话，我特别喜欢关于火焰光球的那些想法，因为我自己也曾有过几次类似感受。这些五彩缤纷的微带卷曲的火焰，从黑暗中向上升腾，又急匆匆消失得无影无踪，让我觉得它们是人类一切乐趣的象征，它们在我眼中越是美丽，我便越是感到不满足，便越容易觉得它们熄灭得太匆忙。我把这些想法也告诉了克诺尔普。

可是他不置可否。

"嗯，嗯，"他只是答应着。随后，隔了很长一段时间，他才闷声闷气地说道："思想和意识其实毫无意义，人们的行动往往不是有意识的，而是完全无意识地迈着自己的每一步路，完全由他的心灵所支配。而这些行动也许都是出于同情心和爱心，我是这么推论的。到末了，每个人总是自己独自行动，不再和任何人有关系，从一个人之死，便可以看清这一点。人们为他啼哭，为他伤心，人们悼念他一天、一个月，甚至一年，然而死者终于还是消失了、离开了，在棺材里人人都一律平等，不论是一个流浪汉，还是一个不知名的手艺人。"

"嗨，克诺尔普，你这番话听着刺耳。我们过去经常讲，每当一个人用善良和友谊取代了邪恶和仇恨时，生活便终于有了意义和价值。而按你现在的说法，一切全都无所谓得很，偷窃和杀人我们都可以放手去干。"

"不，我们不能干这些事，我亲爱的朋友，有胆量的话，你不妨将我们最近碰到的人打死几个试试！或者你干脆要求一只黄色蝴蝶变成蓝色蝴蝶。别人只会耻笑你。"

"其实我不是这个意思。倘若一切全都无所谓得很，那么一个人诚实上进也就没有什么意义了。如果蓝色和黄色没有区别，善良和邪恶也完全相等，那么也就不存在任何道德了。于是每个人就像森林里的一只野兽，按照自己的本性行动，既没有荣誉感，也没有羞耻感。"

克诺尔普深深地长叹了一声。

"是的，我们该怎么说才好呢！也许你说的是实情。人们常常忧心忡忡，人们觉察到自己的愿望并无价值，因为世上万物都各自走着自己的道路，丝毫也不理会人们的愿望。不过，如果一个人尽干坏事，他还是会有羞耻感的。他会感到自己是有罪过的。与之同时，做好事也会有好结果．人们会因而心安理得，心满意足。"

我望着他的脸，发现他对刚才那番言论很得意。他常常是这样的。他和我讨论哲学，提出一些见解，为之辩护，又予以反驳，随后又突然停止论争。过去我曾经认为，他是懒得回答我那些欠缺论据的看法和意见。但是事实并非如此，而是他感到自己所参与的辩论把他带到了一个自己的知识和表达方法都难以达到的领域。因为他虽然读书很多，可以算得上一个托尔斯泰，但是并不总能准确地判断一些正确见解和错误谬论，这一点他自己也感觉到了。他和那种有学问的人谈话就像是一个很有天分的神童和成人在说话。他必须承认，他们比他更有力量、更有手段，可是他轻视他们，因为他们从来不干任何合理的事，而且他们施展了全部技能也未能解答任何人生之谜。

如今他又重新躺在地上，双手枕着脑袋，透过黑压压的接骨木树的叶子凝望着蔚蓝色的炽热天空，嘴里哼着一支古老的莱茵河民谣。我至今还记得最后一节歌词：

我穿旧了我的红裙子，
如今我得穿上黑裙子，
穿上六年，穿上七年，
直至我的爱人腐烂消失。

黄昏以后，我们两个人面对面坐在一片小丛林的边上，各自手里拿着一大块面包和半截香肠，一面吃，一面观望着逐渐降临的暮色。片刻之前，那些山峰上晚霞的金色反光还熠熠生辉，一转眼便化为一缕缕雾絮而烟消云散了，此刻天色已经暗下来，树木、田埂和树丛在空间鲜明地勾画出它们漆黑的轮廓，天上还有点泛白，但是夜色却已经越来越浓了。

在天色还没有完全黑下来之前，我们两人还一起阅读了一本题为《德国手摇风琴的艺术之声》的小书中的许多滑稽故事。书里刊载着许多极为可笑而有趣的通俗歌曲，还附有小小的木刻画。夜色渐浓，我们的阅读也告终结。等我们吃完晚饭，克诺尔普说他想听点儿音乐，我便从口袋里掏出了口琴，琴上满是面包屑。他把口琴擦干净后便吹起一些我们经常听到的熟悉的旋律。我们就这样坐着，过了一段时间后，夜色便完全罩没了我们眼前这片变化多端的土地，天空中一点儿光亮都没有了，星星一颗接着一颗缓缓升起在越来越黑的天空中。口琴奏出的乐声悠扬委婉地飘过原野，消失在远方的空气之中。

"我们现在最好不要立即睡觉，"我对克诺尔普说，"给我讲个故事吧，不一定是真事，童话也行。"

克诺尔普沉思不语。

"好吧，"他回答说，"我讲一个故事，也是一个童话，两种特点兼而有之。其实这只是一个梦。去年秋天我做了这么一个梦，后来又两度梦见了一模一样的情景，我可以给你描述描述。

"梦境发生在某个小城市的一条胡同里，那个城市很像我们的家乡，所有住宅的山墙都筑在小胡同的一边，不过这些山墙比我小时候看见的要略为高些。我走进胡同，觉得似自己经过很长、很长时期流浪后重又回到了故乡；但是我的欢乐只有一半，因为一切东西都不大对头，我简直拿不准自己是不是走错了地方，根本不是在家乡。某些角落很完整，是我记忆中的样子，一点不差，我一眼就把它们认了出来，可是有许多房子看着很陌生，完全不认得，同时我找不到熟悉的小桥和通向市场的小路，却在它们该在的地方看见了一座陌生的花园和一个教堂，这座教堂类似科隆和巴塞尔的教堂，有两个高高的钟楼。我们家乡的教堂是没有钟楼的，只有一根被充当屋顶的木桩子，由于营造上的失误，钟楼始终没有建成。

"当然也要讲讲我所见到的人。有些人，我远远看去都是熟悉的人，我叫得出他们的名字，我想和他们打招呼，几乎喊出了声。但是其中一个人径直走进了一幢房子，也许是走入了旁边的一个小胡同，渐渐走远了，如果有一个人向我走近，在他擦过我身边时，他便变了样，成了一个陌生人；然而当他走了过去，重新走远以后，我一边目送着远去的身影，一边想，他就是某某人，我肯定认识他的。我还看见一家商店前并排站着几个妇女，其中一个我觉得是我那已经去世的姑妈；而当我走近她们后，又发现她们全是陌生人，而且连她们说的话也都是完全陌生的方言，我几乎一点也听不懂。

"最后我想：如果我重新离开这座城市，那么它究竟是不是我的家乡呢？于是我接连不断地跑到一座座熟悉的房子跟前，或者跑到一张张熟悉的面孔跟前，连我自己都觉得自己像个小丑。我并没有为此恼火和沮丧，只是十分悲哀和恐惧。我很想背诵一段祷文，竭尽全力想把祈祷文背出来，但是脑海里浮现的只是一些毫无用处的、愚蠢的客套话——例如'十分尊敬的先生'和'在目前情况下'之类，我悲哀地、心神迷乱地念着这些话语。

"我觉得自己这样奔跑了好几个钟点，直至我浑身发热，疲乏至极，并且一路走一路不自觉地跌跌撞撞。这时已到黄昏时分，我决定找一个最先走近我的人打听一下附近的客栈，或者问问如何才能走上公路。可是所有的人都不停步地走过我身边，倒像我是空气似的。不久我便由于疲乏和失望而失声哭泣起来。

"有一回我又走到一个巷口，发现自己面前的正是我家所在的那条旧巷子，尽管已经过某些改造和修饰，却丝毫也不能动摇我的信念。我飞也似的奔进胡同，我认出一幢又一幢房子，虽然是梦境，却十分清晰，最后我看见了父亲的老屋。它也同样显得高得出奇，此外便和往年几乎一模一样，快乐和激动一齐向我袭来，使我浑身战栗。

"大门口站着我的第一个爱人，她名叫亨丽艾特。她看着比过去高了些，也多少有些改变，比过去更漂亮了。我走得更近些，发现她简直美得惊人，完全是一个安琪儿模样，与此同时我也注意到她的头发是发亮的金黄色，而亨丽艾特原来是褐色头发。我还看见她神采奕奕，在那里走上走下。

"'亨丽艾特！'我朝她喊道，并脱下帽子挥舞着。她的外表如此高雅，因此我拿不准她愿不愿认我。

"她朝我转过身，直盯着我的眼睛。我不由得大吃一惊，觉得很羞愧，因为她并非我刚才讲的亨丽艾特，而是丽莎贝丝，我的第二个爱人，我和她的关系也是很久以前的事了。

"'丽莎贝丝！'我喊叫着，并向她伸出手去。

"她望望我，目光直刺我内心。她看我的那副神情就像上帝在看他的信徒，既不严厉也不高傲，而是十分平静可亲，又那样的富有深思熟虑和宗教气息，不由得使我感到自己就像一条迎着她走去的忠犬。她的面容严肃而悲哀，这时她朝我摇摇头，好似我向她提出了什么冒失的问题，也不握我伸给她的手，反而转身走进了屋子，然后又悄悄关上了身后的大门。我还听见她锁门的声音。

"我转过身子走开了，我虽然由于伤心而热泪盈眶，几乎看不清面前的东西，但仍然觉察到城市的面貌又有了变化。现在我看到每一条街道、每一幢房子，所有的一切都和过去一模一样，而那些污秽破烂的地方全不见了。山墙也不再高得出奇，色彩也还是原来的那样，来往的行人也显得很真实，都愉快地有点吃惊地望着我，他们认出了我，有的甚至还喊着我的名字同我打招呼。但是我却不能回答，也不能站停身子，反而竭尽全力地沿着熟悉的道路跑开了，跑过了小桥，跑出了城市，由于悲痛我只能用湿润的眼睛望着一切。我自己也不知道为何如此，只是感到，对我来说，这里的一切已经失去了，我只能在羞耻中走开。

"后来，当我跑到城外，来到白杨树下，稍作休息时，才忽然想起，我方才是到了故乡，到了自己的家门口，但丝毫也没有想到父亲、母亲、兄弟姐妹和朋友们。我内心有一种从未有过的迷惘、痛苦和羞愧感。可是我已不能再倒退回去，没法补救一切，因为我的梦已经做完，我醒了。"

克诺尔普说道："每一个人都有自己的灵魂，不会和其他人的灵魂相混淆。两个朋友可以一起行走，一道聊天，甚至相互非常亲近。但是他们的灵魂却像花儿一般，每枝花都有自己生根的地方，没有一朵花可以跑到另一朵花的枝条上去，否则它们就得离开自己的根，这是它们办不到的事。花儿传播芳香和种子，因为它们乐意和别人交流；而要让一粒种子到它应该去的地方，花儿本身却无能为力，这就要依赖风力，风儿倒是来去自由，可以到处乱走的。"

后来他又说道："我刚才给你叙述的梦境也许就是同样的道

理。不论对亨丽艾特，还是对丽莎贝丝，我都没有做过亏心事。对于她们两人，我都曾一度爱过，并希望把她们据为己有，于是她们也便成了我梦中的形象。两人看起来十分相像，但其实不然。两个形象都属于我所有，但都不是活生生的。我也常常不由自主地想到我的双亲。他们也都属于我，我是他们的孩子，我也和他们一样。可是尽管我爱他们，但我对于他们仍然是一个陌生人，是一个他们不能够了解的人。那些对于我至为重要的事情，也许恰好代表我灵魂的事情，他们却完全不重视，视为是我一时兴起所至，是青年人的冲动。他们确实很喜欢我，宠爱备至。一个父亲能够把他的鼻子、眼睛，甚至是智力遗传给他的孩子，却不能遗传灵魂。每个人的灵魂都是新的。"

对于他这番话我毫无反应，当时我还没有现在这种思想，至少并不觉得自己需要听进去，于是事情便这么过去了。我舒舒服服地听他想入非非，其实内心并无丝毫触动，因此我揣测克诺尔普一定也把我们的生活视作一场游戏，而不是一场奋斗。尤其由于周围环境如此宁静美丽，就我们两个人躺在干燥的草地上，在黑夜里期待着睡魔光临，等着观察早早升起的群星。

我开口道："克诺尔普，你是一个思想家。你应该去当教授的。"

他微微一笑，摇了摇头。

"如果还让我进救世军 [1]，恐怕更为好些。"他若有所思地说。

---

[1]　基督教的一个社会活动组织，1865 年由英国人布斯所创立，1878 年起仿效军队形式进行编制。

我觉得他说得太过分。"你啊,"我说,"别逗我了!难道你还想再当一回圣徒?"

"当然,我还想当的。每个人只要真正地严肃对待自己的思想和行为,他就是一个圣洁的人。凡是人们认为某些事情是合理的,他就必须去做。如果我有一天认为自己进救世军是正确的,我当然会去的。"

"永远当救世军!"

"是的。我愿意给你讲讲原因。我已经和很多人谈过这个问题,也听到了各种各样的意见。我听过牧师、教师、村长、社会民主党人和自由党人的演说,可是没有一个人的话完全诚恳地发自内心,可以使我寄予信任,相信他在非常时刻会根据自己的智慧做出自我牺牲。救世军却不同,我曾在一些音乐会和公众场合见过他们的人和听过救世军的言论,总有三四次吧,我以为他们是认真诚恳的。"

"何以见得呢?"

"你可以亲眼看一看。我给你讲一个救世军成员的例子,他在一个村庄里发表演说,那是一个炎热的星期天,在尘土飞扬的露天里,他很快便热得浑身冒火。总而言之,他显得非常吃力。当他再也吐不出一个字的时候,他吩咐他的三个同伴唱赞美诗,自己偷空喝了一点水。半个村庄的人都围在他身边,小孩和大人都有,他们把他看作疯子,议论纷纷。人群后排站着一个青年雇工,手里握着一根鞭子,不时地噼噼啪啪猛抽一阵,企图以此激怒宣讲人,围观的人每次都哈哈大笑着为他帮腔。但是那个可怜的救世军毫不生气，全然不是由于愚蠢，而是出于信念，坚持在一片喧哗声中讲完了道，脸上还露着笑容，换成别人大概早已大声号叫或者逃之夭夭了。你总懂得，这不是一个人为挣几个糊口钱，或者为了娱乐消遣所能够做到的，他必须具备伟大的虔诚和良心。"

"我个人同意你的意见。不过一个人并不能代表所有的人。你这人感情细腻，待人热诚，不会跟着别人一道起哄的。"

"也许会的。如果他多少懂得如何做更为妥当，远远胜过种种细腻和热诚。一个人当然不能代表所有人，但是真理，真理却应该适用于所有的人。"

"啊哈，真理！谁知道恰恰在哈利路亚[1]里有真理呢。"

"说得对，谁也无法证明。不过我刚才讲的意思只是说明：当我有朝一日发现真理就在那里，我也就会心甘情愿地去追随。"

"哼，说得是！那么你每天都会发现一种智慧，而到第二天就彻底加以厌弃了。"

他十分惊异地望着我。

"你讲了一些很糟糕的话。"

我想表示歉意，然而他拒绝了，大家缄默无语。片刻后他轻轻向我道过晚安便静静地躺下了，不过我不相信他会睡得着。当时我还非常兴奋，用双肘支撑着身子，半躺半坐地凝望着村庄的夜景，待了至少一个多钟点。

---

[1] 原文为"Halleluja"，系希伯来语，赞美上帝的用语。

第二天早晨，我一眼便发现克诺尔普这天气色极好。我告诉了他，他容光焕发地用他那双孩子气的眼睛望着我说："观察得很正确。你知道一个人气色怎么会好的吗？"

"不知道。怎么会的呢？"

"这是因为这个人夜里睡了一个好觉，并且切切实实做了许多美梦。但是这个人永远不会知道原因的。我今天便是这个情况。我梦见了一系列美好和有趣的事，可是现在已经忘得干干净净。我只记得，我在梦中十分愉快。"

在我们还没有到达下一个村庄，并且给我们的肚子灌一杯牛奶之前，克诺尔普已经用他那柔和、轻快和流畅的声音朝着冷冷清清的早晨唱了三四支崭新的歌曲。也许这些歌曲很少有文字记录，也很少印刷出版。尽管克诺尔普算不上一个大诗人，但至少是一个小诗人，每当演唱自己的作品时，他常常把那些最美丽的歌曲比作自己美丽的姐妹们。我保存了他的一些诗歌和一部分歌曲，都非常美丽，并且在我看来是十分有价值的。它们都没有文字记载，而它们却诞生过、活过，然后又消逝不见了，它们是善意的，同时也是不负任何责任的，它们像一阵空气，轻轻掠过，但是它们不仅对我和他本人，而且也对其他许多人，包括孩子和老人，在某些短暂时刻制造出美和爱的情感。

星期天假日明亮而迷人，

好似一位小姐走出闺房，

> 她脸色红润，态度矜持，

> 姗姗出现在枞树林中。

那天他迎着太阳唱的就是这首歌，女性是他歌曲中几乎永恒存在和歌颂的对象。克诺尔普在日常谈话中很少流露的思想，在他的小诗中却流露得非常自然，这些小诗就像一些穿着浅色夏装的干净儿童在嬉笑跳跃。当然，它们也常常是毫无意义的滑稽逗趣之作，只是用以发泄他那几乎满溢出来的感情。

当年那些日子里，我完全为他的感情所感染。我们一路上朝所有遇见的人打招呼和开玩笑，因此我们走过之后，身后传来的不是笑声就是骂声。我们整天都像是在过节。我们相互叙述自己学生时代的生活趣事和笑话，给过路的农民，甚至连同他们的马和牛都起了绰号，我们躲藏在花园篱笆边一个隐蔽的角落里饱餐偷来的醋栗，我们注意爱惜我们的精力和保养靴子的后跟，因此我们几乎每个钟点都休息一回。

我和克诺尔普童年时就相识了，而我察觉，从那时算起，我还从没有和他进行过如此亲切而细致的谈话，我为此感到庆幸，因为从今天开始，我们两人的共同生活、我们的漫游和娱乐可以有所提高了。

中午时天气燠热，我们在草地上躺了很久，后来我们动身起程了，将近傍晚时天上泛起了暴风雨前的云雾，空气都凝聚不动了，于是我们决定寻找一处有屋顶的地方过夜。

这时克诺尔普渐渐安静下来，稍稍有点疲倦了，然而我却没有感觉，因为他仍然笑得很欢，还常常附和我的歌声伴唱，我精力仍然很充沛，感觉有一种快乐的火焰接连不断地从身子里往外涌。也许克诺尔普和我恰恰相反，那种节日的光彩已经开始从他身上泯灭。当年经常发生这种情况，我度过了一个欢乐的白昼后，晚上依然精神旺盛，不想躺下来休息，是的，我经常在入夜后单独一个人自寻消遣，闷头玩一两个小时，这时其他人早已疲惫不堪而睡熟了。

当时，这种黄昏时分的兴奋情绪往往控制我的行动。当我们顺河而下来到一个规模较大的村庄时，我暗暗高兴起来，预计会度过一个有趣的夜晚。我们首先物色了一个地处偏僻、同时又交通便利的谷仓作为我们当夜的宿营地，随后我们便溜进村子，来到一家旅馆的美丽的花园里，因为今天我要把克诺尔普当成我的客人好好招待一番，我想我们应该美餐一顿蛋饼，喝几瓶啤酒，以庆祝这快乐的一天。

克诺尔普高兴地接受了我的邀请。然而当我们在花园里一棵华丽的梧桐树下的餐桌旁坐下后，他却犹犹豫豫地说道："喂，我们并不想大喝一通吧？我很乐意喝一瓶啤酒，这会让我感到愉快，但是不能超过一瓶，否则我会受不了的。"

我说随他的便，心里暗想：只要让我们喝得痛快，管他什么多一瓶还是少一瓶的。我们一起吃着热腾腾的蛋饼和一个新鲜的、营养丰富的棕色黑麦面包，不过我很快就要了第二瓶啤酒，这时克诺尔普连半瓶还没有喝完。当时我坐在那张堂皇的桌子前，飘飘然觉得自己又阔绰又华贵，心里非常舒服，我预料当天晚上还能好好乐一阵子。

当克诺尔普喝完他那瓶啤酒后，不管我如何劝说都不肯再喝第二瓶，却要我和他一起再在村子里稍稍遛一遛，随后便按时去休息。这些话完全不合我的想法，而我又不便立即反驳。由于我那瓶酒还没有喝光，因此我说，我不反对他先走一步，过一会儿再碰头。

于是他便走了。我目送他离开，看他悠闲地、迈着周末黄昏散步的轻松步伐向前走去，耳朵后面还戴着一朵翠菊花，他跨下几级台阶后，走上了那条宽阔的大路，慢腾腾地信步朝村庄方向走去。他没有和我再喝一瓶，使我不免觉得遗憾，我一面望着他的背影一面欣喜而又温情地想：这个可爱的伴侣！

太阳已经下山，天气却依旧闷热非凡。我倒是很喜欢在这种天气里独自一人安安静静喝点新鲜啤酒，于是又在餐桌旁待了一些时间。这时几乎只剩我一个客人了，女侍者一有空闲便过来和我聊天。她还递给我两支香烟，我想给克诺尔普留一支的，可后来却糊里糊涂地忘记留下，自己抽掉了。

大约过了一个小时，克诺尔普又回来了，想把我接走。而我当时兴致正浓，赖着不想离开，但是他说他疲倦了，想睡觉，于是我们达成协议，让他先回我们预先看好的住处去躺下休息。就这样，他又走了。女招待见他一走便立即向我打听他的情况，他总是招来姑娘们的注意。对此我并不反对，克诺尔普是我的朋友，女招待也不是我的爱人，因此我对他的赞誉简直是溢美之词，我觉得这样才痛快，因为我觉得这个世上人人都好。

最后我终于动身离去时，天上已开始打雷，微风吹拂着梧桐树。我付了账，给了女招待十芬尼小费，然后不慌不忙上了路。走路时我才觉察自己确实多喝了一瓶啤酒，因为我在最近一段时间里酒喝得非常少。不过有点醉意反而让我觉得舒服。知道自己多少还能够承受，我整整唱了一路歌，直至我重又找到我们的宿营地。我轻手轻脚走了进去，看见克诺尔普睡得正香。我望望他，他穿着衬衫躺在他自己那件摊开的棕色外套上，呼吸很均匀，额头、裸露的颈项和一只伸出的手在半明半暗的光线中，闪烁出一种苍白的光泽。

我和衣躺下后心情仍很激动，脑袋里依旧乱纷纷的，此时已是午夜时分。我终于睡着了，睡得很熟，昏昏沉沉。这是一种并非很好的熟睡，我浑身沉重而虚弱，做着模糊不清、折磨人的噩梦。

第二天上午我醒得很晚，醒来时已是大白天，亮光晃得我眼睛发痛。我觉得头脑空虚、混浊，四肢疲乏无力。我打了个长长的呵欠，揉揉眼睛，伸展了一下胳臂，把关节弄得咯咯响。但是，尽管我浑身疲乏酸痛，脑子里却残留着昨日欢乐的余烬和回响，并且想去最近处的清泉里洗净身上那些小小的疼痛。

情况有些异样。我环顾四周，发现克诺尔普不在了。我叫喊，吹口哨，召唤他回来，起初我也并没有感到蹊跷。而当我那一遍遍的呼喊、吹口哨以及搜寻全无效果时，我猛然惊觉，他已抛弃了我。是的，他已远走高飞，他已偷偷离开了我。他不愿再和我待在一起了。也许我昨晚喝酒违背了他的意愿，也许由于他对于昨天的喧闹放荡行为感到了羞耻，也许只是一次小小的玩笑，也许是对和我做伴产生了怀疑，或者干脆就是他突然产生了渴望孤独的念头。无论如何，我昨夜的酗酒显然得承担罪责。

我的欢快彻底消失了，羞愧和悲哀笼罩着我。我的朋友如今在何处呢？我违背了他的意愿，现在看来，我对他内心世界的了解和掌握还是不够的。如今他远走高飞了，剩下我孤零零的一个，心里不免有股若有所失之感。我责备他，但更多的是责备自己。我现在已处于孤独之中，按照克诺尔普的观点，每个人都是生活于孤独之中的，而我从来也不愿意相信这一点，尤其是让自己来品尝。孤独是苦涩的，不仅是在第一天，尽管它同时也确实会给人带来一丝光明，但是自从那天以后，孤独感就从来不曾完全离开过我。

终点

这是十月里的一个晴朗日子。和煦的清风被一股突变的气流所扰动，秋日的野火燃起了淡蓝色的轻烟，像薄薄的衣带在田野和园圃的上空袅袅飘摇，被烈日烤灼的杂草和树木散发出一股浓郁的香甜气息。在村子的园地里盛开着色彩鲜艳的紫菀花、迟开的浅色玫瑰和天竺牡丹，而在篱笆边，火红的金莲花在那些业已暗淡无光、泛着白色的草丛里还到处燃烧般地开放着。

马霍特医生的单人马车正慢慢行驶在通往布拉哈的乡村大道上。道路缓缓伸向山上，左面是已经收割完毕的田地以及一片尚未收获的土豆地，右面是一大片种得密密的、半枯萎的小松树林，树干和枯干的枝杈交叉在一起，组成了一道褐色的围墙，地上堆积着一层厚厚的松针，也呈现出同样干枯的棕褐色。道路就这么径直伸向秋日的蔚蓝天空，好似往上就到了世界的尽头。

马霍特医生松松地捏着缰绳，让老马自己随意前行。他刚从一个生命垂危的老妇人家里出来，那个女人已病入膏肓，却还在为自己的生命苦苦拼搏，想挣扎到最后一口气。现在他已很疲乏，要静静坐在马车上享受这和煦秋日的乐趣。他的脑子里一片空白，只是迷迷糊糊、不自觉地追随着那田野里的野火所引起的香味的召唤，回忆起学生时代那一次愉快的、早已消逝的秋游，回到了那遥远的充满音响而又难以形容的朦朦胧胧的童年。他从小是在乡下长大的，因而总能本能地领会农村各个季节以及它们活动变化的特征。

马霍特将要睡着时，他的马车猝然停住把他惊醒了。一条排水沟横穿马路，马车前轮被卡住了。老马高兴地站住脚，低下头，享受这短暂的休息时刻。

马霍特因为车轮突然停住而完全清醒过来，他提起缰绳，笑眯眯地朝四周扫视了一下。树林和天空经过这倒霉的几分钟后，在灿烂的阳光下依然如故。他从不喜欢在大白天打瞌睡，为此他坐直了身子，点燃起一支香烟，吹着口哨驱使老马继续前进。马车又慢慢地向前爬去。装满了马铃薯的口袋在田里排成了一长溜儿，有两个女人从口袋后面的阴影里探出身子向他打招呼。

现在坡顶就在眼前，老马抬起头，精神振奋，满怀希望地期待着奔下熟悉的山坡，下一步便是卸下马鞍。这时从明亮的地平线上出现了一个人，一个流浪者，在蓝天下，他一眼看去显得格外高大，再往下走时那人脸色就变得灰白而身躯瘦小了。流浪者逐渐走近，是一个蓄着小胡子的瘦削的人，显而易见此人正在往家乡赶路，他穿得破破烂烂，显得很疲惫，走路很费力，但是他彬彬有礼地脱下帽子，向医生问了好。

"你好！"马霍特医生回了一礼，目送着走过身边的陌生人，突然他勒住马缰，转过身子，站在嘎吱嘎吱响的皮踏板上朝那人喊道："喂！喂！请你回来一下！"

风尘仆仆的流浪者站停身子，回过头来。他朝医生微微一笑，便又转过身去，好像要继续往前去，然而他沉思片刻后，终于顺从地转身走回来。

他站在低矮的马车边，手里捏着帽子。

"请问，您去哪儿？"马霍特问。

"沿着大路一直走到贝希托塞格。"

"难道我们不认识吗？我只是想不起您的名字来而已。您肯定知道我是谁吧？"

"您是马霍特医生，我估计没有弄错。"

"嗯，是的。那么您是谁呢？您叫什么？"

"大夫先生早就认识我的。我们曾一起坐在普罗赫尔校长的教室里，先生，您当时曾抄袭过我的拉丁文练习题。"

马霍特急忙走下马车，细细端详着陌生人。接着大笑着拍拍他的肩膀。

"没错，"他说，"你就是大名鼎鼎的克诺尔普，我们是老同学。老伙计，让我们握握手吧！我们总有十年没见面啦。你还一直在浪游吗？"

"一直都在流浪。一个人年纪一大，习惯就难以更改了。"

"你说得对。你这回去哪里？是回家乡去看看吗？"

"你猜得没错。我要去盖尔贝绍，要在那里办一些事情。"

"噢，原来如此。你老家还有人吗？"

"老家没有什么人了。"

"你现在看上去已经不年轻啦，克诺尔普。我们现在刚刚四十岁，我们两人。你想就这么从我身边一走了之，未免太无情义了。——你知道吗，我觉得你似乎需要一个医生。"

"啊，不需要的。我什么毛病也没有，若是我有什么地方不对，那也不是任何医生所能治愈的。"

"那么就以后再说吧。现在到马车上来和我一起走，让我们好好谈谈。"

克诺尔普略略后退几步，把帽子重新戴到头上。当医生要拉他上车时，他面有难色地婉言拒绝着。

"啊，用不着这样。马不会向前走的，只要我们还站在这里。"

这时候克诺尔普的咳嗽发作了，医生立即断定他得的是什么病，便一把抓住他，把他推进马车。

"这样吧，"马车继续行驶时，医生说，"我们往前走，只要跑快点儿，半个钟头我们就能到家了。你正在咳嗽，不要说话了，我们到家后再聊吧。——什么？——不行，你现在这样可不行，病人应该躺在床上，不能在野外露宿。你可知道，当初学拉丁文时，你常常帮我大忙，如今该轮到我来帮你了。"

他们驶上山头，医生又拉紧缰绳让马车慢慢驶下山坡；透过那片果树林梢已经可以看到正对面布拉哈居民住宅的屋顶了。马霍特放松马缰，让车不紧不慢地向前行驶；克诺尔普浑身疲乏，喜怒参半地享受着坐车的乐趣和故人的温情。他想，到了明天，最迟后天，只要我全身的骨头没有散架，我就要继续上路到盖尔贝绍去。他已不再是青春年少，那些日子和年代早已消逝。他如今是一个病弱的老人，已不再有任何希望，只求在生命终结之前再回家乡看看。

到布拉哈后，他的朋友最初把他安置在卧室里，让他喝牛奶，吃火腿面包。他们闲聊着，慢慢地又变得亲密起来。然后医生才开始给他诊治，病人温顺而又带点讥讽的模样听任医生摆布。

"你真的不知道自己哪儿有病吗？"马霍特诊断完后询问自己的朋友。他问时很轻松，一副不在乎的样子，克诺尔普很感激他这种态度。

"是的，我知道，马霍特。我得的是肺病，我也知道我活不了多久了。"

"啊，这可说不准！不过无论如何你得了解你必须卧床休息，并且好好调理。你先在我家里住一阵子，我再设法在附近医院给你弄一个床位。亲爱的，鬼附了你的身，你必须当心自己，你要做一次全身检查。"

克诺尔普重新穿好上衣。他向医生转过他那瘦削而灰白的脸，一脸戏谑的表情，然后温顺地说："多谢你费心，马霍特。当然一切全都为了我。可是你实在是白费力气。"

"让我们看以后的情况再说吧。现在你到外面坐着晒太阳，只要花园里有阳光你就坐着。丽娜会给你安排好床铺的。我们必须细心看护你，小克诺尔普。一个人一辈子都在阳光和空气中过日子，居然得了肺病，这简直是不正常。"

说完这些话后，他便出去了。

女管家丽娜很不高兴，反对让一个流浪汉住在客房里。可是医生大声截断了她的话头。

"您要好好看护他，丽娜。这个人已活不长了，他在我们家一定要得到良好的款待。此外，他一向很爱干净，在他上床休息之前，我们得让他洗一个澡。您去把我的睡衣拿一件给他，也许还要找一双棉拖鞋。请您不要忘记，他是我的朋友。"

克诺尔普足足睡了十一个小时，次日早晨多雾，他在阴霾的天气中醒来，过了很久才逐渐想起自己是住在谁的家里。直至太阳高照时，马霍特才允许他起床，用过早餐后，两个人坐在阳光下的平台上喝红葡萄酒。克诺尔普在好菜好饭和半杯葡萄酒下肚后变得活泼而健谈了，马霍特大夫为了再和这位难得相见的老同学谈谈，特地腾出了一个小时，或许是为了想了解一些这位不寻常人物的生活。

"你真的对自己所过的生活很满足吗？"他微笑着说，"这样当然很好。不过我还是要说，对于像你这样的人来说实在太可惜了。你可以做神父或者教师，也许可以当一个自然科学家，或者甚至是一个诗人。我不知道你应该如何利用你的才华，如何发展你的才华，但是你确实白白浪费了自己的才华。难道我说的不对吗？"

克诺尔普用细瘦的手托着自己长着稀疏胡子的下巴，目光凝视着透过酒杯照在桌布上的红色阳光。

"你说得不全对，"他慢吞吞地说，"事实上并没有你所说的那么多才华。我会吹一点口哨，会奏手风琴，有时候也写一点小诗，我也曾经是一个田径好手，跳舞也跳得不错。这便是一切了。而且我从来也不曾独享这些欢乐，总是和很多人在一起，有时是年轻的姑娘们，有时是孩子们，他们都从中获得了许多乐趣，有时候便向我表示感谢。事情就是这样，我们就此打住吧。"

"噢，"医生回答道，"就这样吧。不过我还要问你一个问题，当年你和我在拉丁语学校里一起读到五年级时，我至今记得清清楚楚，你尽管算不上一个模范学生，但至少也是一个好学生。可是有一天你突然离开了，大家都说你进了普通学校。我们就这样分了手，我少了一个拉丁语同学，他上了普通学校。发生了什么事情呢？后来，我听说了有关你的情况，我心里常常想：倘若你当初留在拉丁语学校，情况一定会完全不同的。那么，我要问你，为什么会这样呢？也许拉丁语让你觉得兴味索然，也许你家长付不出学费，或者还有其他原因？"

病人用棕黄瘦削的手端起了酒杯，可是他没有喝酒，只是透过晶莹的酒望着翠绿的花园，接着小心地把高脚杯放回桌上。他默默无言地闭上眼睛，陷于沉思之中。

"你不乐意谈这些事情吗？"他的朋友询问说，"一定不是吧。"

克诺尔普睁大眼睛，久久地审视着大夫的脸容。

"是的，"他回答说，虽然有点犹豫，"我相信，事情就是这样。这些事我还从来没有告诉过任何人。但是现在让别人听听也许是件好事。其实只是一个儿童故事，但是对于我却非常重要，多年来一直让我为之操心。很奇怪，你恰好问到这个问题！"

"为什么？"

"最近一个时期以来，我也常常想着这些事，因而我决心再度返回家乡盖尔贝绍。"

"好吧，那么你讲吧。"

"请你想一想，马霍特，我们当时一直是好朋友，至少这种友谊一直维持到三年级或者四年级。后来我们便很少在一起，你经常在我家门口徒然地吹着口哨。"

"我的老天爷！这是千真万确的情况！这些事情我至少忘了有二十多年了。我的好人，你的记性真是惊人！后来呢？"

"我现在可以告诉你，究竟是什么原因促使我脱离了常规。完全是由于姑娘们。我早就对她们抱有好奇心，当你还在相信仙鹤和婴儿泉水的故事时，我就已多少懂得小伙子和姑娘们之间的事了。当时我认为这才是重要的事，因而我从来不曾参加过你们的印第安人游戏。"

"你那时十二岁，是不是？"

"将近十三岁，我比你大一岁。有一次我生病躺在床上，有一个表姐来看望我们，她比我年长三四岁，经常陪我一起玩，当我病愈起床后，有一天晚上我走到她的房里去。这是我第一次确切地看清一个女人，我吓得要命，赶紧逃走了。我现在不想谈这位表姐，她让我感到扫兴，我见了她就害怕，可是这一幕却牢牢地停留在我的脑海里，从那时起我有很长时期一直追随姑娘们的左右。红脸的制革匠哈西斯有两个女儿，和我年龄相仿，邻近也有其他女孩子经常到她们那里去，我们便一起玩捉迷藏游戏，常常互相呵痒作嬉，又窃窃暗笑别人。我多半是这个女孩群中唯一的男孩，有时候我帮助其中的一个姑娘编好发辫，有时候有一个姑娘给我一吻，当时我们都还没有成人，并不真正懂事，不过我对这一切都充满了迷恋之情。我还躲在树丛里偷看她们洗澡。——有一天从郊区新搬来一户人家，他们家有一个小姑娘，她父亲是一个针织工人。她名叫法兰切斯卡，我对她一见钟情。"

医生打断了他的话头，问道："她父亲叫什么名字？也许我也认得她。"

"很抱歉，我想还是不告诉你为好，马霍特。这和故事没关系，我也不愿意别人知道她这些事。——接着往下讲吧！当时她个儿比我高，身体比我结实，我们两人到处奔跑、斗殴，有时候她抓住我把我弄痛时，我便像喝醉酒似的晕头转向，并且有点飘飘然。我是爱上她了，因为她比我大两岁，而且还对我说过，她很快就会需要一个情人，我从此就一心一意想当她的情人。——有一回她单身一人坐在制革厂花园里的小河畔，双脚浸在水里，她刚洗完澡，只穿着内衣。我跑过去，坐在她身边。我突然有了勇气，对她说道，我愿意也必须当她的情人。而她只是用那双棕色眼睛同情地盯着我，说道：'你只是一个毛孩子，还穿着开裆裤呢，你懂得什么叫情人，什么是爱情吗？'我说，我懂，我什么都知道，倘若她不愿意当我的情人，我就把她推到河里去，然后自己也跳下去一起死。这时她便像一个成年妇女似的细细审视着我，说道：'让我们试一试吧，你会接吻吗？'我说会的，当即便匆忙地在她唇上吻了一下，自以为做得很好，但是她紧紧抱住了我的头，像一个成年妇女似的真正吻起我来。使我几乎失去了听觉和视觉。然后她用那低沉的声音对我说道：'你算是和我正式接过吻了，小伙子。不过仍然不行。我可不要在拉丁语学校读书的情人，那里没有正经人。我要一个真正的男子汉当情人，一个手艺人或者一个工人，可不要学生。这种人什么也不会干。'她把我拉到她的膝盖上，用两臂紧紧搂着我，她的温暖使我感到如此快活，简直不能想象，自己怎么能舍得离开她。于是我应允法兰切斯卡说，我再也不去拉丁语学校上学，而要去当一个手艺人。她只是笑笑，但是我坚持着不肯放松，最后她又吻了我，答应我说，只要我不当拉丁语学校的学生，她就做我的情人，我和她在一起会很快活的。"

克诺尔普停住话头，又咳嗽了片刻。他的朋友仔细地打量着他，两人默然对坐了一小会儿。接着克诺尔普又往下说道："好吧，你现在已经知道了全部经过。事情当然不像我讲的那么简单。当我告诉父亲，我再也不愿意、再也不能够去拉丁语学校上课的时候，我父亲揎了我好几个耳光。我一筹莫展，想不出妥当的办法，以致常常想放一把火把学校烧掉了事。这当然是小孩子的想法，而我当时却是十分认真的。最后我想出了一个办法：我干脆在学校里耍无赖。难道你对此一无所知吗？"

"说真的，我朦朦胧胧记得一些。有一段时期，你几乎每天下课后都被留校关禁闭。"

"是的。因为我经常旷课，胡乱回答老师的提问，也不做作业，还丢失课本，每天都要闹出一些事情，到了后来，我竟以此为乐，总而言之，我当时简直使老师们大伤脑筋。拉丁文和其他一切东西在我看来全都无关紧要。你也知道，我的嗅觉一向特别敏感，只要闻到什么新奇的东西，我就会不顾一切地去追求。于是，事情就这样发展下去，我先是从事体育运动，然后是去钓鳟鱼，后来又采集标本开始研究植物。而当时正因为我和姑娘们打交道，经受了一些挫折而获得不少经验，我感到没有比姑娘们更为重要的了。当一个人脑子里暗暗地尽想着昨天傍晚如何偷看女孩子们洗澡的事，而表面上却是一个小学生，蹲在硬板凳上练习动词变位，当然觉得无聊了。——喏，事情就是这样！老师们也许早已注意到我的一切变化，但是他们总的来说都很喜欢我，因而尽可能地保护了我一段时期，然而这对我的图谋丝毫都不起作用，不过我那时和法兰切斯卡的弟弟交上了朋友。他在普通学校的最高班学习，而且是一个坏孩子。我从他那儿学了很多东西，可惜没有丝毫好的东西，还吃了他不少苦头。半年后我终于达到了目的，我父亲把我打个半死，因为我被拉丁语学校开除了，于是我和法兰切斯卡的弟弟一样进了普通学校。"

"那么她呢？那个姑娘怎么样了？"马霍特问。

"嗯，这正是最糟糕的事。她后来却没有成为我的情人。我有时和她弟弟一起去他们家，她总是对我白眼相待，和过去是大不相同。这时我在普通学校已经上了两个月的学，已经习惯于傍晚时分偷偷溜出家门，因而终于明白了事实真相。有一天夜里，已经很晚了，我还在树林里游荡，那时我常常这么干的。我听到有一对情人坐在长凳上谈话，当我接近他们时，才发现是法兰切斯卡和一个机械厂的小伙子。他们压根儿不把我放在眼里，他用胳臂搂着她的脖子，手指上还夹着一根香烟，而她的衬衫纽扣统统解开着，一句话，那场面非常丑恶。于是我和她的关系便完全结束了。"

马霍特拍拍他朋友的肩膀。

"啊，这对你也许是最好不过的呢。"

可是克诺尔普使劲摇着他那线条分明的头。

"不，完全不是的。倘若事情不是这个样子，那么我今天也许还是个正常人。我不想谈法兰切斯卡了，对于她我什么也不想知道。当时这场恋爱若能正常进行，我就会对爱情具有美丽而幸福的认识，这场恋爱也许会帮助我正确处理好我和普通学校以及父亲的关系。因为——我该怎么说才好呢？——你看，从那以后，我有了许多朋友、熟人和同伴，甚至也有了情人，但是我再也不信赖任何一个人的话，也不受任何言论的束缚，永远也不。我过着适合自己的生活，我并不缺少自由，也不缺少美女，但是我始终保持着孤独。"

他拿起杯子，小心翼翼地喝干了剩下的一点酒，便站了起来。

"你允许的话，我就再去躺一会儿，我不想再说话了。你肯定也有很多工作要做。"

大夫点点头。

"噢，还有一点事！我今天要去医院替你登记床位。你也许会觉得不习惯，但是必须这样。你若不立即进医院治疗，很快就会死的。"

"哎呀，"克诺尔普以一种不寻常的态度激烈叫道，"就让我去死好了！你自己也知道，我已病入膏肓，治疗已无济于事。为什么还要把我关起来受罪呢？"

"别这样，克诺尔普，你要理智一些！倘若我还让你到处流浪，那么我就不成其为医生了。我们肯定可以在奥勃斯推顿替你找到一个床位的，你最好带上我给你写的介绍信，一星期后我就来看你。我们这样讲定吧。"

流浪者往后倒在自己的座位上，看样子像要哭出来了，那一双瘦削的手冻僵了似的交错搓着。然后孩子气地、恳求似的望着医生的眼睛。

"我该怎么说才好呢，"他用几乎听不见的声音说道，"事情全是我不对，你为我做了这么多好事，还请我喝红葡萄酒，你对我真是又善良又体贴。请你千万别生我的气，我对你还有一个很大的请求。"

马霍特抚慰地拍拍他的肩膀。

"清醒清醒吧，老朋友！没有人会卡你的脖子的。那么，你还有什么要求呢？"

"你不会生我的气吧？"

"不会的。究竟还有什么事？"

"我请求你，马霍特，你一定要帮我这个大忙。不要把我送到奥勃斯推顿去！假如一定要我进医院，至少得让我进盖尔贝绍的医院，那里的人都认得我，那里是我的家乡。申请贫民救济也可能方便些，因为我是当地出生的人，何况——"

他双眼热烈地望着医生，激动得几乎说不出话来。

他在发烧，马霍特心里暗想。于是平静地对克诺尔普说："倘若你请求的仅是这一件事——那很快便可办妥。你说的完全正确，我要给盖尔贝绍写封信去。你现在赶紧躺下休息，你已经太累，话也说得太多了。"

他目送克诺尔普拖着步子走进屋里去，突然间想起了那个夏天，想起克诺尔普教他钓鳟鱼的情景，想起克诺尔普和伙伴们交往时那种聪明而有节制的风度，想起那个十二岁的英俊少年曾是多么热情活泼。

"可怜的克诺尔普，"他感慨万千地想着，不禁为朋友难过，随即迅速站起身子，去做自己的事了。

第二天早晨多雾，克诺尔普在床上躺了一天。医生给了他几本书消遣，然而克诺尔普却几乎没有碰它们。他感到厌烦和压抑，自从他受到细心照料和护理，睡舒适的床铺和吃美餐佳肴以来，他比从前更为清楚地认识到自己离末日不远了。

倘若我再躺一阵子，他悲哀地想着，我大概就再也起不来了。他觉得自己对生活已经一无所求，而且，近几年来，乡村道路对他来说也已经大大失去了它们的魅力。在没有重返故乡盖尔贝绍之前，他不愿意死去，他要和家乡的一切告别，那河流和小桥，那集市广场和那曾经属于父亲的花园，甚至还包括法兰切斯卡。而他后来的爱人们则被他遗忘了，就像他经历的多年流浪，如今对于他都变得微不足道、毫不重要了，与此同时，他那充满神秘色彩的童年时代却在他心中获得了新的光辉和魅力。

他细细观察着这间简朴的客房；多年来他还没有住过这么讲究的房子。他不仅切切实实地看，还用手指摸索着亚麻布被褥的质地，抚摸着柔软的本色毛毯和精致的枕套。连那硬木地板也让他产生兴趣，还有那挂在墙上的照片，照的是威尼斯的古老宫殿，装在彩色的玻璃镜框里。

后来他睁着眼睛又躺了许多时候，什么也不看，疲乏得只能倾听自己病体里微弱的脉搏声。但是他突然坐了起来，迅速朝床外探出身子，一把将靴子拖到床边，仔仔细细检查了一番。靴子当然已很破旧，可是现在才是十月，好歹也能挨到第一场大雪。至于以后嘛，那就不行了。他想，他总能向马霍特要到一双旧靴子。但是不行，这会引起他的怀疑，住在医院里是不需要什么靴子的。他小心翼翼地抚摸着皮革上业已碎裂的地方。要是好好擦擦鞋油，至少还可以多穿一个月。不过这种顾虑全都是多余的。倘若他在乡村大道上早早辞别人间，那么这双旧靴子不仅可以完成任务，还会比他自己的寿命更长呢。

他放下靴子，想作一下深呼吸，却觉得胸口疼痛，并且咳嗽了起来。于是他只得悄然躺下了。他呼吸微弱，心里充满了恐惧，生怕自己夙愿未遂而病情恶化。

他想到死亡，似乎已死过多次，后来他想得累了，便昏昏沉沉地睡过去了。一个小时后他醒了，自觉已经睡了一整天，感到头脑清醒，心地宁静。他想到了马霍特，突然想起自己在离去时应该做些什么向他表示谢意才对。他要送一首自己写的诗给马霍特，因为医生昨天正好问起他的诗歌创作。他搜索枯肠，觉得没有什么诗能够中他的意。他透过窗户凝视着附近浓雾中的树林，久久地苦苦凝视着，直到想出了一首诗歌。他拿起一支铅笔头，那是他昨天在屋里找到并且收藏在身边的，又从床头柜的抽屉里取出一张干净的白纸，写下了一首诗：

> 大雾降临时，
>
> 鲜艳的花朵，
>
> 都纷纷枯萎。
>
> 世上的人们，
>
> 都难逃一死，
>
> 被埋进坟墓。
>
> 人也像花朵，
>
> 春天来临时，
>
> 便重又来临。

他们都健康，

　获得了宽恕。

他拿着写好的诗念了一遍。这不是一首格律诗歌，没有押韵，
不过其中却包含了他想要说的东西。他用舌头舔湿了铅笔头又继
续写道："赠给马霍特大夫先生，祝他健康，感激他的朋友克诺
尔普。"

接着他把这张纸放进小抽屉。

第二天早晨雾更浓了，又刮起凛冽的寒风，人们只能指望中
午时分会出太阳。医生让克诺尔普起床，告诉他说，已根据克诺
尔普的请求为他在盖尔贝绍的医院联系好病床，那边已等待他去
住院。

"那么我吃完午饭后就去，"克诺尔普表示说，"我估计要走
四个小时，也许需要五个小时。"

"不行啊！"马霍特笑着嚷道，"你现在不能步行。倘若没有
其他办法，我就驾车送你去。我派人去问问村长，他也许要派车
往城里运水果或者土豆，这样迟一天半天也没有关系。"

客随主便。后来打听到，村长家的雇工第二天要送两头牛犊
去盖尔贝绍，便决定让克诺尔普搭乘这辆车子。

"你还需要一件暖和的外套，"马霍特说，"你可以把我的那
一件穿去，大概太大了吧？"

他没有表示反对，上衣拿来了，克诺尔普试了一下，很合身。
上装的料子很讲究，保存得也很好，克诺尔普任性地发起了童年

时代的脾气，一定要把纽扣换掉。医生为了让他高兴，按他的要求换了新纽扣，还另外送了他一个衬衫硬领。

下午，克诺尔普偷偷试穿了全套新服装，他的外表又变得好看了，他心里不免有点遗憾，因为最近一个时期没有刮胡子。他不敢向女管家借用马霍特大夫的剃须刀，好在他认识村里的铁匠，便决定去拜访此人。

他很快找到了铁匠家。他走进作坊，朝那个老师傅问好后提出要求道："我是个手艺生疏的铁匠，想找点活儿干干。"

老师傅冷冷地审视着他。

"你不是铁匠，"他冷静地说，"你骗不了我。"

"是的，"流浪汉笑着承认道，"你的眼力真好，师傅，不过你却没有认出我是谁。你不记得啦，我过去是音乐家，你经常在星期六晚上到海特巴哈去，在我的手风琴伴奏下跳舞。"

铁匠皱起眉头，把锉刀在桌上敲了几下，随即将克诺尔普领到亮处细细打量了一番。

"啊，我想起来了，"他淡淡一笑，"你就是克诺尔普。我们多年不见，你可真老啰，你来布拉哈干什么？我一定要请你抽一包烟，喝一杯果子酒。"

"谢谢你的好意，铁匠，我心领了。不过我要请你帮我办另一件事。你可以把你的剃须刀借给我用一会儿吗？晚上我要去参加一个舞会。"

铁匠师傅用手指做了个威胁的手势。

"你真是个骗子，老家伙。我敢肯定，你对跳舞绝不会有什么兴趣的，瞧你这个样儿。"

克诺尔普愉快地哧哧笑了。

"你真是明察秋毫！可惜，你不是个当官的。是的，我明天要进医院去，马霍特已经给我办妥手续，你应该理解，我不能像一头毛蓬蓬的狗熊闯到医院里去。请把剃须刀给我，半小时后便还给你。"

"原来如此。那么你打算把刀子拿到什么地方去呢？"

"马霍特家，我就住在那里。把刀给我吧，好不好？"

铁匠看来不十分相信他，不无怀疑地站在原地不动。

"我可以借给你。可是你得知道，这不是普通的剃须刀，是道道地地的苏林格牌凹口剃须刀。我可不舍得丢失。"

"请你尽管放心。"

"好，这么办吧。你穿着一件漂亮上装，朋友。剃胡子用不着这么讲究。我和你讲清楚：你把上装脱下放在这里，送回剃须刀时再把衣服穿回去。"

流浪者扮了一个鬼脸。

"一言为定。你真不爽气，铁匠。当然这都是为了我的缘故。"

铁匠拿来了刀具，克诺尔普脱下上装作抵押，心里很不好受，生怕满身煤灰的铁匠把衣服弄脏。半小时后他来归还苏林格牌剃须刀，满脸的蓬松胡子剃得一干二净，看去好似换了一个人。

"你现在耳朵后面插一朵紫丁香，就可以去会女人了。"铁匠十分赞赏地打趣说。

这时克诺尔普可没有开玩笑的兴致，他重新穿上外套，匆匆道过谢后便走了。

回家途中他在家门口碰见了医生，医生吃惊地拦住了他。

"你跑到哪里去了？啊，瞧你这个样子！——哈哈，剃胡子啦！喂，你还真是个漂亮男子呢！"

这真让大夫高兴，于是克诺尔普当天晚上又喝了一杯红葡萄酒。两个老同学互相祝酒惜别，大家都尽可能地表示出高兴的样儿，谁也不愿意让对方感到不快。

次日清晨，村长家的雇工准时驾车来到，车上的栅栏里圈着两头小牛犊，在这寒风凛冽的清晨，它们目光呆滞，膝盖在颤抖。今天草原上第一次降霜。克诺尔普和雇工并排坐在驭者座上，膝上盖着一条毯子，马霍特大夫伸手和他握别，又送了雇工半个马克；马车吱吱嘎嘎朝树林前进，这时雇工点燃了烟斗，克诺尔普在这寒气袭人的清晨，有点儿睡眼蒙眬了。

后来太阳出来了，中午时分气候便十分暖和了。两个坐在驭者座上的人谈得非常投机，他们到达盖尔贝绍时，那个雇工建议，连马车带牛犊先绕道送克诺尔普到医院。克诺尔普却坚持立即告别，他们在城门口极其友好地分了手。克诺尔普站在那里目送马车远去，直到车子消失在通往牲畜市场的枫树林后为止。

他微笑着穿过园圃间的一条小道，这条小路只有本地人才知道。他又自由啦！让医院里的人空等一场吧！

返家的浪子又一次品味着家乡的风光和香气，家乡的噪声和气味，以及重返故土的极度激动和满足的亲切感情。牲畜市场上传来农民和市民们吵吵嚷嚷的喧哗声，阳光透过棕色的栗树投下斑驳的阴影，深色秋蝴蝶在城墙附近悲哀地飞舞不停，市场上的四股喷泉发出淙淙声响，从大酒窖的拱形入口处散发出浓郁的酒香和大木桶碰撞的低沉的声音，还有那些非常熟悉的小胡同的名字，一切都把人深深地带入对往事的不平静回忆之中。浪迹异乡的游子全心全意地吞咽着故乡的多彩多姿的魅力，他对每一处街角，每一块铺路石都认识，都熟悉，都充满了信赖和友谊。克诺尔普整整一下午都不知疲倦地穿梭行走在一条条大街小巷之间，倾听着河边磨刀的声响，透过窗户凝视着自己工作过的工场里的车工们，又一块块地读着故乡著名人物家门前的新油漆的名牌。他把手浸在市场喷泉的石槽里，因为他已经在修道院的小泉水边解了渴，那股水泉仍然像过去一样，神秘地流着，它从一座古老住宅的底层往外涌，从一块块石板缝里汩汩地冒着罕见的清澈水流。他在河边站了好久，斜倚在齐腰的木头桥栏杆上，凝望着流动的河水中那些长发似的深色水草以及露着黑黝黝窄背脊的鱼儿，它们正宁静地憩息在颤动的砂石上。他越过小桥，让双膝没进水中，感觉自己就像一个嬉水的顽童，充满了青春的活力。

他不慌不忙地继续向前漫步，眼前的一切是多么的熟悉，不论是教堂小草坪上的菩提树，还是磨坊前的防水堤，这些都曾是他最喜欢玩耍和游泳的场所。他走到一幢房子前站住了，这是他父亲生前居住的地方，他轻轻地靠在这所老旧住宅的大门上，休息了一小会儿后又去看了花园，他的目光越过那新安装的讨厌的铁丝网，看见一片新植的树木——但是那些被雨水蚀坏了的石阶以及花园门边那棵浑圆粗壮的榅桲树还都是老样子。

克诺尔普在这里度过了他一生中最好的日子，当他还没有被拉丁语学校开除之前，他曾一度在这里享有最完美的幸福，可以随心所欲地满足自己的一切愿望，品尝不带丝毫苦味的纯粹的快乐；夏天的时候偷吃樱桃，醉心于抚弄和欣赏花卉，从中享受园丁才有的那种快乐。他爱那些可爱的桂竹香、有趣的牵牛花、天鹅绒般细腻的蝴蝶花，还有那兔房、工棚以及风筝，连接处用接骨木树制成的水管和那架叶轮也是木制的风磨也颇使他感兴趣。没有哪家屋顶上的猫是他不认识的，没有哪家花园里的果子他不曾尝过，没有一棵树他没有爬过，他曾在它们的顶端做过绿色的梦。这地方是他的世界，是他极深切地热爱和想念的地方，这里的每一棵树、每一块花园的草地对他都是很重要和有意义的，并且和他自己的历史有关系，每逢下雨和下雪，他都在这里和它们谈天，在他的梦幻和希望中，有这儿的天空和大地，他们曾同呼吸共命运。而今天还是这样，克诺尔普心里暗想，也许，这一带地方，无论是房屋的主人还是花园的主人，同他都是不能相比的，他属于这儿的一切，他觉得这儿的一切是那么的有意义，要说的是那么的多，要回答的是那么的多，要回忆的又是那么的多。

附近这一片住宅的屋顶中，有一幢小屋的灰色山墙格外高耸，格外显眼。当年制革匠哈希斯就住在这里，这里是克诺尔普儿童时代游戏的场所，也是他第一次和姑娘有了秘密往来和亲密行动而结束其少年时代的地方。他记得，当初有多少个傍晚，他怀着正在萌芽的对爱情的憧憬，从这儿穿过昏暗的小巷走回家去，他还曾在这里替制革匠的女儿解开发辫，并且让美丽的法兰切斯卡的亲吻弄得昏头昏脑。他打算入夜时去看她，或许明天上午去。如今他很少回忆这些往事，他很乐意把这一切统统作为以往童年时代的一部分封存起来。

他在花园篱笆边整整踱了一个小时，眺望山下草木凋零的熟悉园圃，草莓丛上空空如也，已全部收摘干净，呈现出一派秋天景象。他望着自己父亲的花园，很想看见一座小花坛里他儿童时代种植的花卉。那是复活节后某一个星期天，他亲手种植的报春花和玻璃般的凤仙花，当时他还用小石子堆砌成一座小山，他曾成百次捕捉住蜥蜴放在小山上，不幸的是没有哪一只蜥蜴愿在小山上长住，充当驯养的家畜，然而他仍然怀着期待和希望继续捕捉新的。今天人们能够送给他房屋、花园、花卉、蜥蜴和小鸟，却再也不会具有那种充满魅力的光彩，不会有像当年他种在自己小花园里的那些夏日花卉所具有的光彩，不会有它们在轻柔地绽开蓓蕾时的花瓣上所具有的无比可爱的光彩。当时有一片醋栗树丛，他至今仍然清清楚楚地记得其中每一棵的模样！如今它们不在了，它们不是永恒的，不可摧毁的，不知道什么人把它们连根掘起，把树干、树根连同凋谢的树叶一起烧成了灰，却没有人为它们叹息一声。

是的，他当时常常和马霍特一起到这里来。他现在已经是一个大夫，一个绅士，去看病人时坐一驾马车，而且他确实称得上是一位善良正直的好人；但是即使是他，这位聪明诚实的人，比起从前的他，那个虔诚、腼腆、信赖人而又温顺的孩子来，又怎样呢？克诺尔普曾在这里指点他如何制作鸟笼和收集蝗虫的木板盒，当时他是马霍特的老师，是马霍特的年长、聪明而又值得钦佩的朋友。

有一家邻人的丁香树已经老朽，树干布满苔藓，业已枯死，另一家花园里的木板房也倒塌了，当然，倘若人们愿意，可以在原地再盖一间新房，但再也不会像它过去那么美丽、悦目和合适了。

克诺尔普离开满是野草的花园小径时，天色已开始昏暗，气温也转凉了。教堂的新钟楼改变了城市的外貌，随风飘来一阵清新的钟声。

他悄悄穿过制革匠家的门走进花园，这是一个节日的傍晚，花园里没有人。他无声无息地绕过那个为鞣制皮革而灌满重碱水的水坑，水坑旁边是一些柔软的树皮末鞣料，他一直走到矮墙前，黑乎乎的河水仍在那些布满苔藓的绿石块上淙淙流过。他曾和法兰切斯卡一起坐在这些石块上共度黄昏的良辰，光着双脚在水里拍击。

克诺尔普暗自思忖，假如法兰切斯卡当时没有让我徒然等待，也许一切便会全然不同了。即使我被拉丁语学校开除，耽误了学业，我还是有足够的精力和勇气振作起来有所作为的。当时的生活是何等单纯而痛苦啊！后来他变得自暴自弃，对一切都不愿意去了解，他听任生活的摆布，随波逐流，对一切都不感兴趣了。他站在生活之外，成了一个流浪汉、一个生活的局外人，在美好的少年时代，他受人爱戴，如今年老多病，却是孤独者。

一阵倦怠之感向他袭来，他身不由己地坐在矮墙上，脑子里闪现着潺潺流动的河水。对面有一扇窗户突然亮了，这是警告他，时间已经很晚了，不能在这里久待了。他悄没声儿地潜步走出制革匠的花园，走出大门，扣好上衣的纽扣，想起该找宿处了。他有钱，这是医生临别时送给他的。他稍作沉思后便去找旅馆了。他满可以去"天使"旅馆或者"天鹅"旅馆，那儿他人头熟，会找到许多朋友。但是目前他不能去。

这个小城市变化很大，从前连最细小的地方他都充满了感情，而这一回他既不想见，也不想知道它们，似乎一切都只属于过去的年代。当他听到别人很简单地答复他，法兰切斯卡已经去世时，一切更黯然失色了，此刻他觉得这次重返故里完全是为了法兰切斯卡。那么现在再在这些街道和园圃之间游荡还有什么意义呢？徒然给自己开痛苦的玩笑罢了。当他偶然在狭窄的邮政街遇见县医院的医生时，便忽然想到，医院里的人最终会发现他失踪，并会到处寻找他的。他当即在一家面包店买了两只白面包卷，塞进上装口袋里，他打算在明天中午以前离开市区走上陡峭的山路。

他朝高处的树林尽头看去，在大马路最后一个转弯处，一个满身尘土的人坐在一块大石头上，正在用一把长柄锤敲碎蓝灰色的贝壳石灰石。

克诺尔普打量了他一下，打过招呼后在他身边站住了。

"上帝保佑你。"那个男人回答说，却继续敲着石头，连头也不抬一抬。

"我猜天气不会老是这么好吧?"克诺尔普试探地问道。

"恐怕就要变了。"敲石头的人喃喃地说,抬头朝上面望了一眼,中午的阳光把街道照得晶亮,使人眼花缭乱,"你要去哪里?"

"到罗马去朝拜教皇,"克诺尔普说,"路程还远得很吧?"

"今天肯定到不了。像你这样到处停留,打扰别人的工作,就是一年也到不了。"

"啊,你是这样认为的吗?好吧,感谢上帝,我总算不必着急了。你真是一个勤快的人,安德莱斯·夏勃莱先生。"

敲石头的人用手遮在眼睛上,细细打量着流浪汉。

"这么说你是认识我的,"他怀疑地说,"我好像也认识你。就是一下子想不起你的名字来了。"

"你可以去问问虾蟹店的老掌柜,公历九十年代时我们常常一起坐在那里。只怕他已经不在人间了。"

"早就去世了。我现在知道你是谁了,老伙伴。你是克诺尔普。你在这里坐一会儿吧。真要感谢上帝啰!"

克诺尔普坐下来,他登山时走得太快,呼吸有点困难了;直到这时他才看清山下这座小城市是多么的美丽,碧波粼粼的河流,红褐色的屋顶,其间点缀着一小片一小片树林组成的绿洲。

"你在这里过得很好吧?"他喘过气后问道。

"还可以,我没有什么可抱怨的。你呢?你从前爬山比较轻松吧,是不是?现在也喘得不行了,克诺尔普。你是回家乡来看看的吧?"

"是的,夏勃莱,这是最后一次了。"

"为什么是最后一次？"

"我的肺坏了。你知道没有办法的吧？"

"你若是留在家乡，亲爱的，努力工作，有妻子和孩子，每晚都睡在自己的床上，也许情况就完全不同了。嗯，我的意思你从前就了解得很清楚。当然现在说了也没用了。情况真的这么严重吗？"

"我也不清楚。——噢，也许很清楚。我的身体好像在走下坡路，一天比一天垮得厉害。如果人们把我看成孤身一人，不会给别人带来任何麻烦，那么我就会非常高兴。"

"人们会怎么看，这是你的事情。我却替你难过。"

"不要这样。人人都难免一死，敲石块的也一样。啊，老伙伴，如今我们两人坐在这里，彼此再也不会有很多幻想了。我记得你一度脑子里也存在过其他思想的。你当时不是想进铁路局工作吗？"

"噢，那是老话了。"

"孩子们都好吗？"

"我没什么可说的。雅可布现在已经自己赚钱了。"

"噢，我待得太久了。我想我现在应该再往前走一段路。"

"何必着急呢。我们好多年没见面啦！瞧，克诺尔普，我能帮你什么忙呢？我现在身边钱不多，只有半个马克。"

"你留着自己用吧，老伙计。谢谢你的好意。"

他还想说些什么，可是心里一阵难受，便沉默了。那个敲石块的人把自己带来的果子酒倒给他喝。他们一起俯视着山下的小城：磨坊的水渠在骄阳下反射出耀眼的亮光，一辆货车正缓缓驶过石桥，堤堰里一群白鹅懒洋洋地游动着。

"我歇得差不多了，得走啦！"克诺尔普又提出告辞。

敲石块的人沉思地坐着不动，只是摇头。

"听我说，克诺尔普，你这个可怜、倒霉的流浪汉应该有所作为的，"他慢吞吞地说，"何必这样受罪呢。克诺尔普，你知道我从来也不是一个教训人的人，可是我深信《圣经》中记载的事情。你也必须考虑的。你一定要对你自己负责，这当然不是那么容易的事。你才华出众，却没能得到施展。我讲这些话，你可千万别生我的气啊。"

这时克诺尔普微笑了，眼睛里闪烁着昔日他那种不伤害人的戏谑的光芒。他亲切地拍了拍老朋友的胳臂，随即站起身来。

"我们以后再看吧，夏勃莱。亲爱的上帝也许永远不会问我：你为什么不当法官？他也许只是对我说：你又回来了，我的孩子？于是他给我安排一件轻松的工作，看护孩子或者诸如此类的事。"

安德莱斯·夏勃莱耸了耸他那穿着蓝白格子衬衫的双肩。

"简直不能和你说正经话。你大概以为，倘若克诺尔普升了天，上帝除了和你开玩笑外便无所事事了吧？"

"噢，不是的。不过也并非没有这个可能，是不是？"

"别这么说话！"

他们握手告别，敲石人从裤袋里掏出一枚钱币塞给他，克诺尔普为了不使朋友扫兴，没有拒绝，收下了这枚钱币。

他又朝故乡的山谷望了一眼，回过头去再一次和安德莱斯·夏勃莱点头告别，他又咳嗽起来，于是急忙加快步伐，不一会儿便消失在较高的森林拐角处了。

十四天后，连续几天多雾而阴冷，尽管如此，仍不时有阳光温暖着迟开的钟形花和被霜打过的黑莓，后来天气骤然变得让人冷得发抖，三天后起了一阵风，随即降下一场鹅毛大雪。

这段时间内克诺尔普正在流浪途中，他始终盲目地在自己家乡周围徘徊，有两次他已经走得很近，到了森林拐角处，看见了敲石人夏勃莱，并观察了他好一会儿，却没有再跟他打招呼。他已经想了很多，他所走过的那些漫长、艰辛而又无益的道路，使他错误的一生好似被坚韧的荆棘藤蔓越来越紧地缠着，他找不到任何意义，得不到任何慰藉。然而他的病又发作了，感觉很不好，于是他几乎想要不顾一切地再返盖尔贝绍去敲打医院的大门。可是当他经历了接连几天孤独之后，再眺望山下的小城时，感到一切都是那么陌生而又带着敌意，他顿然醒悟过来，自己永远不会再属于那边了。他不时到村子里购买一点面包，比比皆是的榛子也可供他果腹。晚上他就到森林工人的木板房里过夜，或者就睡在田野上的草堆里。

鹅毛大雪使他走出沃尔夫山，朝山谷的磨坊小屋走去，他疲惫不堪，步履维艰，但还是不停地迈动着双腿，好似他必须彻底利用自己所剩不多的日子，他不断地走，不断地走，走过了所有的森林和小道。尽管他又有病，又很疲劳，但他的眼睛和鼻子却还像过去那样，灵活而敏捷；可以像一头灵敏的猎犬似的观察和嗅闻；他现在仍和过去一样，即使他已毫无目的，但每一个土坑，每一阵风，每一种兽类的踪迹，他都仔细察看。他的意志已不起作用，而两条腿还本能地往前挪动不停。

几天以来，他的头脑始终不间断地和亲爱的上帝进行着对话。他心里毫无恐惧之感，他知道上帝并不能为人类做任何事。但是他们还是一个劲儿地对话，上帝和克诺尔普，谈论生活的无聊；讨论如何才能建立另外一种不同的生活；讨论为什么事情必须这样或者那样，而不可能另一种样子。

"当时发生了这样的事，"克诺尔普的思想一再固执地回到这儿，"当时，我才十四岁，法兰切斯卡伤害了我。我原先还是一个大有希望的人。从此以后，我内心有什么地方损坏了，搞糟了，从此便一蹶不振。——是啊，唯一的错误就在于你没有让我在十四岁上就死亡！倘若如此，我的生活就会像一只成熟的苹果一样美好而圆满。"

亲爱的上帝却只是微笑着，有时候还把脸面全部隐藏在风雪之中。

"嗯，克诺尔普，"上帝警告他说，"想一想你的青年时期，想一想你在奥登瓦尔德度过的夏日，想一想你在莱希斯推顿的日子吧！你难道没有像一头小鹿似的欢蹦乱跳过吗？美好的生活不是使你充满了活力吗？你不是很会唱歌，很会拉手风琴，让姑娘们钦佩不已吗？你还记得在包艾斯维尔度过的那些星期天吗？你还记得你的第一个情人亨丽艾特吗？好了，那么你能说这一切都没有发生过吗？"

克诺尔普只得低下头来沉思，他的青年时代的欢乐像远方的野火一般向他闪烁着朦胧而美丽的光芒，像蜂蜜和甜酒一般散发出浓郁的芬芳，像初春夜晚的暖风低沉地呼啸而过。上帝啊，这一切都是美丽的，欢乐是美丽的，悲哀也是美丽的，缺少了这些，每天的日子将是何等的悲凉！

"啊，是的。"他承认，像一个疲乏的孩子，声调里满含着哭泣和反抗，"当初的日子是美好的。当然这期间也难免有不幸和悲伤。不过全都是美丽的年代，这都是事实，也许，像我这般酗酒，这般热衷于跳舞，这般沉溺于爱情的良宵的人，当初是不多的。可是后来，后来就一了百了了！其实那时就已有尖刺潜伏于幸福之中，我早就确切地知道这一点。如今这样的好日子不会再有了。肯定的，绝不会再有了。"

亲爱的上帝在大风雪中远远地消逝了。于是克诺尔普站停片刻，稍稍歇一口气，并在雪地里咳出几小块血块。这时上帝又出现了，是来给他做出回答的。

"请你说一说，克诺尔普，你是不是有些忘恩负义？你变得如此健忘，简直令人可笑！我们一起来回忆回忆那些日子，当时你曾是跳舞皇帝，想想你的亨丽艾特，你已经不得不承认，当时是美好和幸福的，令人愉快而有意义的。倘若你是这么想着亨丽艾特的，亲爱的，那么你怎么能完全不想到丽莎贝丝呢？哦，难道你真的把她忘得一干二净了吗？"

这时，过去的一部分生活又像远处的一座山峰般耸立在克诺尔普眼前，只是没有像过去那么活泼快乐了，但却闪烁出神秘而真切的光辉，好似妇女含泪微笑，好似已逝的、早已被他忘怀的岁月又从坟墓里爬了出来。丽莎贝丝站在他们中间，还是那么一双美丽而悲哀的眼睛，胸前抱着一个小男孩。

"我真是一个坏蛋！"他又开始责备自己，"是的，丽莎贝丝死后，我本来也不应该活下来。"

可是上帝不让他继续往下说。上帝那双明亮的眼睛逼视着他，继续说道："听着，克诺尔普！你曾经狠狠地伤害了丽莎贝丝，这是事实，当然你也明白，你给予她的温柔体贴超过了那种恶劣行径，而她也从没有一秒钟恨过你。你这个傻瓜，你难道没有看出这一切意味着什么吗？你难道没有看出自己正因此而成为一个轻浮的人，一个流浪汉的吗？你到处施展你那一套孩子气的可笑的勾当，并因而到处受到宠爱，受到嘲笑，受到感谢吗？"

"事实如此，"克诺尔普沉默了几分钟后低声道，"不过这些全是从前的事，那时我还青春年少！为什么我没有从这些坎坷中得到教益，成为一个正常的人？时间应该是充裕的。"

大雪中断了一个时候。克诺尔普又休息了片刻，想把帽子上和衣服上厚厚的雪花抖掉。可是他已经力不从心，浑身像散了架似的。如今上帝已站在他面前，那双明亮的眼睛睁得大大的，射出太阳般的光芒。

"你现在该满足了吧，"上帝警告他说，"抱怨有什么用呢？你真的看不见一切都很好，发展得很正常，不会再有任何改变吗？嗯，是的，你如今想当一位绅士，一个手艺匠，有妻子有孩子，晚上读读报纸，是不是？这样，你就不会再逃之夭夭，在森林里和狐狸同眠，击落飞鸟和驯养蜥蜴，是不是？"

克诺尔普重新迈步向前，由于疲乏而踉踉跄跄，他自己却毫不觉察。他自己感觉好多了，他对于上帝对他讲的话点头表示感谢。

"你瞧，"上帝说，"我并不需要你别的模样，就要你本来的样子。你以我的名义浪游天涯，你始终不间断地把追求自由而产生的些许愁思带给在家里安居乐业的人们。你以我的名义做了许多傻事情，受到人们的讥讽；而我本人就活在对你的讥讽中，活在对你的喜爱中。你是我的孩子，我的兄弟和我的一部分，凡是我没有和你共同体验过的经历，对你来说全都是毫无价值、毫无痛苦的。"

"是的，"克诺尔普点了点沉重的头说，"是的，事实如此，我自己也确实常常这么想的。"

他躺在雪地里略事休憩，他那疲劳的四肢感到非常轻松自如，他那双发烧的眼睛微笑着。

当他闭上眼睛打算睡一会儿时，他还一直听见上帝说话的声音，一直看见上帝那双明亮的眼睛。

"那么你没有什么要抱怨的？"上帝的声音问。

"没有什么。"克诺尔普点点头，腼腆地微笑了。

"那么一切都很好？一切都要照它们应有的模样存在下去了？"

"是的，"他点头认可，"一切都该如此。"

上帝的声音逐渐低下去，一会儿变得像他母亲的声音，一会儿像亨丽义特的声音，一会儿义像丽沙贝丝善良、温柔的声音。

当克诺尔普再度睁开眼睛时，阳光亮得刺眼，他不得不立即又闭上眼睛。他感到雪花在他手上积得很厚了，他想把它们抹掉，可是睡意已比他的任何其他愿望更为强烈地向他袭来。

悉达多

——一首印度诗

第一部

婆罗门的儿子

悉达多，这个婆罗门人的漂亮男孩，是在楼房的阴影里，在阳光下河滩边的小船里，在沙尔瓦德树和无花果树的浓荫下长大的，这只年轻的鹰是和他的好朋友戈文达，另一个婆罗门的儿子，在一起长大的。当他在河岸边沐浴、做神圣的洗礼、做神圣的献祭的时候，阳光晒黑了他光滑的肩膀。当他在杧果树丛里玩儿童游戏时，在倾听母亲唱歌时，在做神圣的献祭时，在聆听自己父亲和老师的教诲时，在和智慧的长者谈话时，他那双乌黑的眼睛里常常会流露出一抹阴影。悉达多早已参加智慧长者们的谈话，他和戈文达一起练习雄辩，练习欣赏艺术，练习沉思潜修。他早已懂得如何无声地念诵"唵"[1]，这是个意义深刻的字，他不出声地吸一口气，说出这个字，又不出声地呼一口气，说出这个字，他是集中了自己全部精神念诵的，额头上闪烁着体现灵魂纯净的

---

[1]　唵 (Om)，印度婆罗门教中祈祷时的一个音节，这个本身并无意义的音节，却是婆罗门教神秘学说的象征。

光辉。他早已懂得，如何在自己生命内部掌握阿特曼 [1]，使自己不可摧毁，使自己和宇宙完全一致。

因为有这么个儿子，父亲内心充满了欢乐，他眼巴巴地望着他成长，把他视为一个有教养的人，一个渴求知识的人，一个伟大的哲人和僧侣，总而言之，是婆罗门人中的一个贵族。

当母亲看见自己儿子的时候，看着他走路、坐下、站立的时候，她的胸膛里就会跃动着狂喜的情感，悉达多，这个双腿修长的、以无懈可击的仪态向她致意的年轻人，是一个最强壮、最美丽的孩子。

年轻的婆罗门姑娘的心为爱情所搅动扰乱，因为她们看见了悉达多走过城里的大街小巷，看见了他那闪光的额头、帝王似的眼睛和狭窄的髋部。

但是他的朋友戈文达，这个婆罗门的儿子，却比所有一切人都更爱他。他爱悉达多的眼睛和温柔的声音，他爱他的步态和完美无缺的仪容举止，他爱悉达多的一切言行，而他最爱的是他的灵魂，他的高贵的、火一般的思想，他那些炽热的愿望以及他的崇高使命。戈文达明白，这个人将来不会是一个普通的婆罗门教徒，不会是一个腐败的小官员，不会是一个只会念咒语的贪心商人，不会是一个自命不凡、空话连篇的演说家，不会是一个诡计多端的坏僧侣，当然更不会是畜群里一只善良而愚蠢的绵羊。不会的，就连他戈文达，也不愿意成为上述这类人，即或有成千上

---

[1] 阿特曼 (Atman)，印度婆罗门教中一种宗教意境的称呼，也可译为"自我"或"灵魂"。

万个这样的婆罗门人。他愿意追随悉达多，这个最可爱的、最美妙的人。当悉达多有朝一日成为一个神道，终于达到光辉灿烂的境界时，戈文达也将自愿追随他而去，做他的朋友，他的伴侣，他的仆人，他的持枪随从，他的影子。

他热爱悉达多的一切。他乐意为他干一切事，一切都令他兴趣盎然。

但是悉达多却不快活，内心很不满足。他在无花果园的玫瑰色小径上漫步，在小树林的蓝色阴影下小憩，眺望四周，按日对自己的四肢作例行的赎罪洗涤，在杧果树的浓荫下进行献祭，他的举止、体态优美无比，他为所有的人所爱，给所有的人以欢乐，然而他自己内心却没有丝毫欢乐。他做了许多梦，不知疲倦地思索了又思索，从那流逝不停的河水、熠熠闪光的星星、一束束太阳光芒中，获得了许多许多梦；从献祭仪式、《梨俱吠陀》[1] 的诗句、婆罗门老人的教诲中，获得了永不平静的灵魂。

悉达多已经开始以不满足来滋养自己。他开始感觉到，自己父亲的爱，母亲的爱，甚至好朋友戈文达的爱，并非永远、也并非任何时候都能使他幸福，使他平静，使他餍足和满意。他开始预感到，自己可敬的父亲和其他老师，这些聪明的婆罗门人已把他们最好的、大量的才智都传给了他，他们已把他们的知识统统注入了他那期待着的容器之内，但是这个容器并没有盛满，这个

---

[1] 婆罗门教、印度教最古的经典。约公元前二千至前一千年成书。用古梵文写成，主要是对神的赞歌、祭词、咒词等，流传于印度西北部。最古的《吠陀本集》有四部，《梨俱吠陀》是其中的一部，其他三部是《婆摩吠陀》《夜柔吠陀》《阿闼婆吠陀》。这四本合称为《吠陀》。

精神并没有满足，这个灵魂并不安宁，这颗心也并没有获得平静。洗礼当然很好，但它们终究是水，它们不可能洗去罪孽，不可能治愈精神上的渴求，不可能解救心灵的恐惧。献祭仪式和神灵召唤当然是极好的事，但是这能代替一切吗？献祭能不能带来幸福？而神灵又能有什么作为呢？世界果真是生主[1]所创造的吗？阿特曼，它果真是独一无二的吗？真是宇宙之总和吗？难道塑造神灵的形象和塑造你我的形象完全不同，并不受时间的约束，并非是暂时的吗？向神灵做祭献是好事、是正确的事、是一种充满意义而至高无上的行动吗？除去他，除去独一无二的至上的阿特曼，还可以向别的什么做祭献，向别的什么表示崇敬吗？何处可以找到阿特曼呢，他住在哪里，他那永恒的心在何处搏动，在最内在的、最不可摧毁的自我中，还可能存在其他什么，是每个人都具备的吗？但是在何处可以找到这个自我，这个最内在、最后的自我呢？它不是肉和腿，也不是思想或者意识，这就是那些最富有智慧的长者所开导他的。但是智慧在何处，究竟在何处呢？它如何才能渗入自我、渗入阿特曼之中呢？——是否存在于另一条道路，值得去探索追寻呢？天哪，没有人可以指点这条道路，没有人能够开导他，不论是父亲、老师、智慧长者，还是祭献时的赞美歌曲！他们什么都知道，这些婆罗门人和他们的神圣书籍，他们知道一切，以便自己能照管一切，甚至还远远超过这些，他们还知道世界的创造过程，知道如何演讲、进餐、吸入空

---

[1] 印度神话中对创造之神的一种称谓。

气和呼出空气，知道思想意识的规律以及神道们的事迹——他们所知道的东西简直是无穷无尽。但是如果人们唯独不知道那独一无二的、那仅有的重要东西，那么知道世界所有一切又有什么价值呢？

的确，许多圣书中记载着无数诗句，尤其是在《娑摩吠陀》[1]里，讲到了这些最内在的、最后的东西，真是些美丽的诗句。里面写着："你的灵魂便是整个世界。"其中还写着，人们睡觉时，在深深入眠时，便进入自己最深的内在之中，便居留于阿特曼之中。在这些诗句中记载着惊人的智慧，世界上最聪明的人的一切知识都收集汇总在这里，成为有魔力的语言，纯粹得好似蜜蜂所收集的蜂蜜。不能小看低估这一代接一代无数聪明的婆罗门人所收集和保存在这里的巨大的知识财富，绝不能小看低估。——但是有没有哪个婆罗门人，哪个僧侣，哪个智者或忏悔者达到了如下目的：不仅懂得这些最深刻的知识，而且是靠它生存？有没有哪个专家精通于将沉湎于阿特曼的人从入魔似的睡眠中呼唤出来，让他清醒，进入生活，举步前进，说话干事？悉达多认识许多可敬的婆罗门人，首先是他的父亲，一个最纯粹、有学问、值得高度尊敬的长者。父亲是令人钦佩的，他的举止沉稳而高贵，他的生活纯洁，他的语言优美，他的头脑里有着无数明智、高贵的思想。——但是即使是他，这位知识如此丰富的人，生活在幸福中的人，他是满足的吗，难道他不也是一个探索者，一个渴

---

[1]　见第 103 页注。

求者吗？他不也是要一再重新返回到神圣的源泉边，像一个饥渴已久的人使劲痛饮，从祭献礼中，从书籍中，从婆罗门人那些变化多端的演说中使劲汲取养料？为什么他这个无可非议的人必须每天忏悔，必须每天净身，必须每天让自己成为新人？难道阿特曼不在他身上，难道古老的源泉没有流过他自己的心？人们必须找到它，在自我身上找到古老的源泉，人们必须让它变为自己所有！其他的一切便只是探寻、弯路和歧途而已。

悉达多如此思索不已，这些就是他的渴求，就是他的烦恼。

他常常高声朗读《韵律学·吠陀支》[1]里的名言："毫无疑问，婆罗门这个名字便是萨蒂耶——真理，谁懂得这些，谁就会每天进入一个极美妙的世界。"悉达多常常觉得自己已接近这个极美妙的世界，但是却从不曾真正达到，从未能解决自己的最后渴望。所有的聪明人以及那些最聪明的长者，凡是悉达多所熟识并从他们身上汲取智慧的人，他认为他们中间并无一人完全达到了这个极美妙的境界，这个能彻底解决他们永恒渴望的美妙世界。

"戈文达，"悉达多对他的朋友说，"戈文达，亲爱的，和我一起到榕树下去，我们要好好沉思一下。"

他们一起来到榕树下，坐下身子，悉达多在这边，戈文达距离他二十步远。当他们坐停当一切都准备就绪，便开始念"唵"，悉达多喃喃地重复念着几行诗句：

---

[1] 婆罗门教的附属经典。从属于《吠陀》的六类书，多半是经体，即便于记诵的歌诀。这六类书包括：(1) 劫波经，祭祀、礼仪；(2) 式叉（语音学）；(3) 语法；(4) 尼禄多（语源学）；(5) 韵律学；(6) 天文学。

唵是弓，灵魂是箭，

婆罗门便是箭矢之的，

人们为达目的不折不挠。

　　当正常的沉思潜修时刻已过时，戈文达站起了身子。黄昏已经降临，正是进行傍晚沐浴的时刻。他呼唤悉达多的名字。悉达多却没有回答。悉达多坐着出了神，他的双目呆呆地凝视着某个非常遥远的目标，他的舌尖略略伸出在两排牙齿的中间，似乎已经停止了呼吸。他坐着，被沉思所笼罩，默诵着"唵"，他的灵魂已成为箭矢射向婆罗门。

　　曾经有几个沙门途经悉达多所住的城市，他们是去朝拜圣地的苦行僧，一共三个人，他们干枯憔悴，既不老也不年轻，风尘仆仆，肩头流着血，身上几近赤裸，皮肤都被太阳晒得焦黑，他们生活在孤独之中，对世界既陌生又敌视，他们是人类王国中的陌生人和瘦骨嶙峋的豺狼。从他们身后吹来一阵炙热的气味，它们是由沉默的痛苦、受毁的工作、冷酷的自我虐待所形成的气味。

　　黄昏时，在作过自我审察之后，悉达多对戈文达说："我的朋友，明天一清早，悉达多便要走上苦行僧的道路。他要成为一个沙门。"

　　戈文达顿时脸色苍白，他听见了悉达多的话，同时在自己朋友不动声色的脸上看出了一种决心，一种离弦的飞矢似的不可偏转的决心。戈文达一眼就看清：事情开始了，如今悉达多将要走他自己的路，如今悉达多的命运萌发了新芽，而自己却把命运和他联系在一起。于是戈文达的脸色黄得像一片干枯的香蕉皮。

"噢，悉达多，"他叫道，"你父亲会允许吗？"

悉达多如梦初醒似的朝朋友望望。他也一眼便看透了戈文达的灵魂，看出了他的恐惧和懦弱。

"噢，戈文达，"他轻轻说道，"我们不要白费唇舌了。明儿天一亮我就要开始自己的苦行僧生活。请不必再说什么了。"

悉达多走进屋子，他父亲正坐在一张麻织的席子上。他走到父亲身后，站了好一会儿，直到父亲感到有一个人站在背后。这个婆罗门人问道："是你吗，悉达多？请说吧，你想和我说什么。"

悉达多说道："我要得到你的允许，我的父亲。我是来告诉你，我想明天早晨离开家，去过苦行僧生活。我要去当一个沙门，这就是我的请求。但愿我的父亲不反对我这么做。"

这个婆罗门人一声不吭，沉默了很久很久，直到小小的玻璃窗上出现了不断变幻的星星，房间里的沉默才告终结。儿子交叉着胳臂一动不动地默默站在那里，而父亲也一动不动地默默坐在席子上，只有星星在天空中移动着位置。这时父亲说道："婆罗门人是不善于讲那些愤怒激烈的话的。但是我的心很不满意。我不愿意从你嘴里第二次再听见这个请求。"

婆罗门人慢慢站起身来，悉达多仍然交叉着胳臂不声不响地站着。

"你还在等什么？"父亲问。

悉达多回答："你知道我在等什么。"

父亲怒气冲冲地走出房间，愤愤地摸到自己的床前躺下了。

一个钟点过去了，这个婆罗门人的眼睛仍睁得老大，毫无睡意，他从床上爬起来，在房间里踱来踱去，后来又走出了房子。他透过小房间的小窗户往里看，看见悉达多仍然交叉双臂站在那里，一副不可动摇的模样；浅色的上衣闪烁着苍白的光。父亲心里很不平静，又回到自己的卧室。

又一个钟点过去了，婆罗门人仍是一点睡意都没有，他又从床上爬起来，在房间里来回踱步，然后又走出了房子，仰望了一下升起的月亮。他重又透过小房间的窗户朝里看，见悉达多还是双臂交叉地站在那里，月亮照亮了他赤裸的脚胫骨。父亲忧心忡忡，又摸索着回到自己的卧室。

一个钟点后他又这么重复了一遍，再过了一个钟点又重复一遍。他透过小小的窗户，看见悉达多仍然站着，在月光下，在星光下，在幽暗的夜色里。一个钟点又一个钟点过去了，他沉默无言，望着房间里面，望着那不可动摇地站着的人，心里充满了愤怒，充满了不安，充满了惧怕和痛苦。

在天亮前的最后一小时里，他重又走进房间，看着站在自己面前的年轻人，觉得儿子长高了，变得陌生了。

"悉达多，"他说，"你还在等什么？"

"你知道我在等什么。"

"你想一直站着等到天亮，等到中午，等到晚上？"

"我要一直站着，一直等着。"

"你会累坏的，悉达多。"

"我是会累坏的。"

"你得去睡觉，悉达多。"

"我不去睡觉。"

"你会死的，悉达多。"

"我是会死的。"

"你宁愿去死，也不愿听从父亲的话？"

"悉达多永远是听从父亲的话的。"

"那么你还不想放弃自己的打算吗？"

"悉达多将要按照他父亲告诉他的话去做。"

熹微的晨光照进了房间。婆罗门人看到，悉达多的膝盖在微微颤抖。而悉达多的脸色仍显得那样坚毅，一双眼睛注视着远方。这时父亲意识到悉达多已经不在自己身边，已经不在家乡的土地上，他已经离开父亲和家乡了。

父亲抚摸着悉达多的肩膀。

他说："你要到树林里去，你想成为一个沙门。如果你在树林里找到了极乐，那么你就回来把极乐传授给我。如果你只是找到了失望，那么你就回转家来，让我们再一起向神道献祭。你现在走吧，去和母亲吻别，告诉她，你将到何处去。现在正是我去河边的时候，我要去做今天的第一次沐浴。"

他抽回搁在儿子肩上的手，向外面走去。悉达多身子摇晃了一下，似乎他也要往外走。但是他强忍着不去追随父亲，而是按照父亲的吩咐去向母亲告别。

当他在初照的阳光下，迈动麻木僵硬的双腿慢慢离开这座仍然静寂的城市时，在城外一所茅屋边，有一个蹲着的人影朝他直起身来，他认出这个朝圣者——正是戈文达。

"你来啦。"悉达多说，同时微微一笑。

"我来了。"戈文达回答。

和沙门在一起

当天傍晚时分，他们赶上了那些苦行僧，那些枯瘦的沙门。他们请求允许同行并表示愿意听从沙门的教导。他们被接纳了。

悉达多把自己的漂亮衣服送给了路边一个穷苦的婆罗门人。他只用一条带子遮住自己的羞处，身披一件没有缝边的暗褐色大斗篷。他每天只进餐一次，而且是未经烹调的食物。他斋戒十五天。他斋戒二十八天。他脸上和大腿上的肉逐渐瘦下去。从他那双越来越大的眼睛里闪烁出炽热的幻想，从他那些干枯的手指上生长出长长的指甲，下巴上的胡子也显得干枯和蓬乱了。当他遇见女人的时候，他的目光变得冷冰冰的；当他穿过一个市区，看见那些衣着华丽的人时，他的嘴唇轻蔑地一撇。他看见商人们做买卖，贵族们出外狩猎，服丧者为死人大声号哭，妓女奉献色相，医生照看病人，僧侣们为播种选定吉日良辰，情人们相亲相爱，母亲们抚拍自己的小宝贝——然而所有这一切在他眼里都毫无价值，一切都是欺骗，它们臭气熏天，散发出欺骗的恶臭，一切都是假象，而装得却似乎有思想、很幸福、很美好的样子，实际上全都在无可奈何地腐烂变质。世界的味道很苦涩。生活是痛苦的。

悉达多眼前只有一个目的，也是唯一的目的：摆脱一切，摆脱渴望，摆脱追求，摆脱梦想，摆脱欢乐和痛苦。听任自己死亡，心里不再有自我，在摆脱了一切的心里找到宁静，在消失了自我的思想里听任奇迹出现，这便是悉达多的目的。倘若自我在一切中消失不见，倘若自我业已死去，倘若每一种追索和探寻的欲望在心中俱已沉寂，那么这最后的、最内在的本质便会觉醒，这也就不再是自我，而是那个神圣秘密了。

悉达多默默地站在直射的烈日下，忍受着痛苦和干渴的煎熬。他就这样站着，直至自己不再感觉痛苦和干渴。雨季时，他默默站在雨下，任凭雨水从他的头发上往下滴落到冻僵的肩头，滴落到冻僵的髋部和双腿，但是那个悔罪者却站着不动，直至肩膀和双腿不再感到寒冷，直至它们都变得麻木，直至它们都不再动弹。悉达多默默地蹲在荆棘藤蔓间，灼痛的皮肤里流出了鲜血，溃疡的伤口上流出了脓水，而他神情木然地蹲着，纹丝不动地蹲在原地，直至鲜血不再淌流，直至没有刺伤感，直至没有灼痛感。

悉达多直挺挺地坐着，学习如何节省呼吸，学习如何稍稍呼吸便可维持生命，学习如何停止呼吸。他还学习如何让自己一开始呼吸就使心跳逐渐平息，学习如何尽量降低心跳的次数，减少到极少的程度，直至几乎完全没有声息。

悉达多从这批沙门中的年长者的身上学习如何自我解脱，如何沉思潜修，如何遵循新的沙门法规。一只苍鹭飞过竹林上空，刹那间，悉达多把自己的灵魂和苍鹭合为了一体，他高高飞翔在树林和群山之上，他变成了一只苍鹭，吞食鲜鱼，他具有苍鹭的饥饿感，他发出苍鹭般的叫声，他像苍鹭一样的死去。一只已经死了的豺狼躺在沙滩上，悉达多让自己的灵魂潜入了这具尸体之中，于是他成为一只死豺狼，躺卧在沙滩上，逐渐膨胀、发臭、腐烂、被鬣狗撕得粉碎，被兀鹫剥去了外皮，逐渐化为残骸，化为尘土，被风吹散到四处各地。悉达多的灵魂经过死亡、经过腐烂、经过化为尘土后，又转回来了，他已品尝了轮回循环的阴郁滋味，像一个猎手似的怀着新的渴望期待着冲出缺口，以逃脱这种轮回循环，找到事由的结局，开始无痛苦的永恒境界。他杀死自己的意识，他扼死自己的回忆，他让自我潜入上千种陌生的躯体之中，例如：动物、尸体、石块、木头、流水，但是每一回他总是又惊醒过来，时而在阳光下，时而在月光下，仍然还是他自己，在轮回循环中摇摇摆摆，感觉渴望，制服渴望，又重新感觉新的渴望。

悉达多从这些沙门那里学到了很多东西，他学习到如何从自我起程迈步走向无数条道路。他经历了痛苦，经历了自愿受罪，制服了苦恼、饥饿和渴望之后，走上了一条摆脱自我的道路。他通过沉思冥想，通过对一切概念的空洞思维走上了一条摆脱自我的道路。他学会了走这一条道路和另一条道路，他成百上千次脱离了自我，他让自己在非我中停留几个钟点，甚至几天之久。尽管这条道路起程时离开自我，但道路的终点却终究是回到自我。尽管悉达多成千次逃开自我，逗留在虚无之中，逗留在野兽和石块之中，回归仍然是不可避免的，他无法挣脱这一重新寻获自己的时刻，不论是在日光下还是在月光下，不论在树荫里还是在大雨中，他终于仍然是自我，是悉达多，他重又感觉到承受轮回循环的痛苦。

戈文达生活在他身边，是他的影子，和他走着同一条道路，经受着同样的磨难。他们除了谈论自己的责任和实践问题外，很少交谈其他事情。两个人有时候为自己也为他们的老师，一起走街串巷去乞讨食物。

"戈文达，你有什么想法，"有一次他们在乞讨途中，悉达多问他的朋友道，"你是否认为我们已经走得够远了？我们达到了目的吗？"

戈文达回答说："我们学习了很多，我们还要继续学习。你会成为一个伟大的沙门的，悉达多。你迅速学会了每一种苦修实践，使那位年长的沙门常常惊讶万分。你总有一天会成为一个圣人的，噢，悉达多。"

悉达多回答道："我并不这么认为，我的朋友。这些日子和众沙门待在一起，我是学习了一点东西，噢，戈文达，这是因为我有能力学习得如此迅速而利落。如果我待在妓女云集的小酒店里，我的朋友，生活在马车夫和赌棍中间，我也能够学习到很多很多。"

戈文达说："悉达多你是在和我开玩笑。你是如何沉思潜修的，你是如何屏住呼吸的，你对饥饿和痛苦又是如何无所感觉的，难道能够从这些可怜人那里学会这些？"

悉达多却好像是在说给自己听似的轻声说道："什么是沉思潜修？什么是脱离躯壳？什么是斋戒？什么是屏住呼吸？这是想要逃离自我，这是一种短暂的摆脱自我存在的苦恼，这是一种对抗痛苦和生活的无意义的短暂麻醉。一个牧牛人可以在小客栈里找到同样的摆脱，同样的短暂麻醉，只要他喝上几碗米酒或者发过酵的椰子牛奶，他便不再有自我存在的感觉，不再感觉生活的苦恼，会找到短暂的麻醉。那个牧牛人喝过几碗米酒后在微睡状态中所寻得的东西，正是悉达多和戈文达所找到的同样的东西，而他们则是通过长期的摆脱自己的躯壳的苦修实践，通过逗留在非我状况中才取得的。事实便是如此，噢，戈文达。"

戈文达接着说道："这是你的说法，噢，朋友，但是要知道，悉达多并不是牧牛人，而一个沙门也并不是一个酒鬼。喝醉酒的人可以找到麻醉，可以找到短暂的摆脱和休息，但是当他从幻觉中醒来时，发觉一切都是老样子，他并没有变得更聪明些，并没有积累什么知识，也并没有让自己提高一个等级。"

悉达多微笑着说："我不知道你说的对不对，因为我没有喝醉过。但是我，悉达多，从自己苦行实践和沉思潜修中找到的那些仅仅极短暂的麻醉中知道，自己距离智慧，距离获得拯救也同样十分遥远，就像一个尚未脱离母体的婴儿，我知道的，噢，戈文达，我知道的。"

后来又有一次，悉达多和戈文达一起离开树林走进村子，为他们的兄弟和老师乞讨食物时，悉达多又开始谈到这个问题，说道："怎么样，戈文达，我们的道路是否正确？我们也许已经更接近智慧了？我们也许已经更接近解脱了？或者我们只是在兜圈子——而我们，还自认为正在脱离这种循环？"

戈文达说道："我们已经学到了很多，悉达多，还有很多正等待我们去学习。我们并没有兜圈子，我们正在往上走，这圆圈是螺旋形的，我们已经上升了好几级。"

悉达多回答说："你可知道，我们那位最年长的沙门，我们尊敬的老师，现在高寿多少？"

戈文达说："我们这位老师大概六十岁吧。"

悉达多说："他已经六十高龄，但还不曾达到涅槃境界。他会活到七十岁，活到八十岁，而你和我，我们也会活到这么老，我们将要不断磨炼，不断斋戒，不断反省。但是我们还远远达不到涅槃境界，他不行，我们也不行。噢，戈文达，我相信，我们这里所有这些沙门中，也许没有一个人，没有一个人会达到涅槃境界。我们探寻慰藉，我们探寻麻醉，我们学习种种修行技巧以求得自我迷醉。然而最根本的是：我们没有找到那条路中之路。"

"请别这样说，"戈文达表示了不同意见，"请别说这种可怕的话语，悉达多！难道在如此众多有学问的长者中，在许许多多婆罗门人中，在这么多严格律己的可敬的沙门中，在许许多多探索者、许许多多努力勤勉的人、许许多多圣洁的人中，就没有一个人会找到这条路中之路？"

但是悉达多只是用一种含有悲哀和嘲讽的声调，轻轻地说道："过不了多久，戈文达，你的朋友就要离开这条和你一起走了很久的沙门的狭路了。我受着渴望的煎熬，噢，戈文达，而在这条漫长的沙门的道路上，我的渴望之感丝毫也没有减少。我始终渴求着新的知识，我心里始终充满了疑问。年复一年，我向婆罗门人求教。年复一年，我向神圣的《吠陀》求教。噢，戈文达，也许我向犀鸟求教，或者向黑猩猩求教，也会获得同样的智慧，同样的教益。噢，戈文达，为了学习，我已经耗费了很多很多时间，却没能到达终点：没能到达无物可学的终点！于是我认为，事实上并不存在那个我们称之为'学习'的东西。噢，我的朋友，事实上只存在一种知识，它是普遍存在的，它就是阿特曼，它存在于我身上，存在于你身上，存在于一切生物之中。于是我便开始相信：求知欲望和学习愿望恰恰是这种知识的可恨的仇敌。"

戈文达在半路上呆住了，他高高举起双手，说道："悉达多，请千万别用这种言论使你的朋友惊恐万状！真的，你这番话在我心里引起了恐惧。只要想一想：倘若一切正如你所说的，倘若学习并无意义，那么还谈什么祈祷的神圣性，什么婆罗门人的德高望重，什么沙门僧的虔诚呢？有什么东西，噢，悉达多，世上万物有什么可算是神圣的、有价值的、可敬的呢？！"

这时戈文达喃喃地念了一首诗，这是《奥义书》[1]里的一首诗：

> 谁潜心于阿特曼之中，
>
> 沉思默想，灵魂净化。

---

[1] 《奥义书》：印度最古文献《吠陀》经典的最后一部分，其中多数是宗教、哲学著作。

他的心便神圣高洁，

不需要任何言语形容。

悉达多沉默不语。他思考着戈文达对他说的话，从头到尾琢磨着这些话。

是的，他想，他耷拉着脑袋站着，世上万物中有哪些可称之为圣洁的呢？究竟有哪些呢？有哪些是经得住考验的呢？他摇了摇头。

后来，当这两个年轻人和这批沙门僧共同生活并且分担苦修实践将近三年的时候，他们从各种不同的途径和渠道听见一个消息、一个谣言、一个传闻，说什么：出现了一个名叫加泰玛的超人，一个活佛，他战胜了世上的一切苦恼，他能使复活的车轮停止转动。他到处讲学，受到青年人的拥戴，他漫游在全国各地，没有财产，没有妻子，没有家乡，他身披苦行主义者的黄色僧衣，但是他的额头是开朗的，他是一个圣人，许许多多婆罗门人和贵族在他面前弯下身子，他们愿意充当他的弟子。

这个传闻、消息、童话到处流传，传到这里，又传到那里。在城市里，婆罗门人互相交谈，在森林里，众沙门议论纷纷，到处回响着加泰玛的名字，到处在谈着这个活佛，传进了这两个青年人的耳朵，有好话也有坏话，有赞美也有诽谤。

就像某个国家流行瘟疫那样，这个消息迅速传播，消息说，有这么一个人物，一个智者，一个有学问的人在全国各地走动，他的话语和他嘘出的气息足以治愈每一个被瘟疫所侵袭的遭难者，当这个消息传遍全国的时候，人人都谈论它，有许多人深信不疑，也有许多人十分怀疑，还有许多人则立即起程去探访这位智者、这位圣人。于是整个国家都传遍了关于加泰玛，这位活佛，这位出身于释迦牟尼家族的智者的种种逸事，种种香气馥郁的趣闻。他的信徒们说，他掌握着那些最高级的知识，他记得自己前生的事，他已达涅槃境界，可以不再回到轮回中来，他永远不会沉没在造化的污浊波涛之中。人们报道了他的许多惊人的、简直是不可思议的事迹，说他创造了奇迹，说他战败过魔鬼，说他曾经和诸神对话。而他的反对者和敌人则说，这个加泰玛不过是一个自吹自擂的引诱者，他追求奢侈的生活，他蔑视祭献，他并无渊博的学问，甚至不懂得如何清苦修行。

关于活佛的传闻听着真使人着魔，这些报道都散发出迷人的香味。是的，如今的世界是出了毛病，生活简直难以忍受——因而，瞧吧，这里涌出了一股甘泉，这里鸣响着使者的声音，温和的、抚慰的，充满了高贵的许诺。到处传播着这位圣者的消息，印度全国各地的年轻人都悉心倾听着他的声音，感觉到渴求，感觉到希望。不论城里还是村庄里，年轻的婆罗门人都热烈欢迎每一个朝圣者，每一个外来人，只要他们带来他——那位卓越人物、那位佛陀的消息。

这些传闻逐渐也渗进了树林里，传进了这些沙门的耳中，同样也传进了悉达多和戈文达耳中，缓慢地、一点一滴地渗了进来，每一点都难以相信，每一点也都难以怀疑。他们很少谈论这件事，因为那位最年长的沙门很厌恶这些传闻。他曾听说，那位所谓的活佛从前也当过苦行僧，在森林里苦修过，但是后来又回转到世俗生活里过起了舒适生活，因此他很瞧不起这个加泰玛。

"噢，悉达多，"有一回戈文达对他的朋友说，"我今天在村子里的时候，有一个婆罗门人邀请我去他家中，屋里有一个从麦加特哈来的婆罗门青年，这个年轻人曾亲眼见到加泰玛，聆听他的教诲。说真的，我呼吸时都觉得胸腔作痛，我一直在想：我自己，我们俩人，悉达多和我不是也可以去经历经历这种时光，我们应该去听听那位完人的亲口教诲！说话吧，我的朋友，我们要不要也到那里去，也去听听活佛的亲口讲学？"

悉达多回答说："噢，戈文达，我一直在想，我一直认为戈文达会和沙门僧们始终待在一起，我一直相信这便是他的目的，一直待到六十岁、七十岁，始终不断地锻炼着，苦修技艺，这是一个沙门所必须具备的。但是瞧吧，我对戈文达认识得还不够，我对他的心了解得太少了。那么现在你，尊敬的朋友，想要另择道路了，你要去聆听佛陀的教诲了。"

戈文达说："你在开玩笑吧。悉达多，你总是好嘲讽讥笑！这难道不也是你的期望吗？你难道没有兴趣去听听他的布道？你从前不是告诉过我，这条沙门的道路你不会长久走下去的嘛！"

这时悉达多便以自己的方式微微一笑，说话的声调里却带着一重悲哀的情感，一种嘲讽的意味，他说："是的，戈文达，你说得很对，你记性真好。不过你还得再回忆回忆别的，也是我曾经和你说起的，我对学问确实产生了怀疑和厌倦，也懒得进行学习，我对老师们灌输给我们的那些话语，已经缺乏信仰。不过，亲爱的，我已做好准备，去聆听那个人的教导——虽然我深信，那个人的学说中最优秀的成果，我们早就品尝过了。"

戈文达回答说："你已准备和我同行，真叫我满心喜欢。但是请你告诉我，你方才的话有何根据？为什么在我们聆听加泰玛的学说之前，就可以推论我们业已品尝过其中最优秀的成果呢？"

悉达多说："噢，戈文达，还是让我们去品尝品尝这些果实，并且耐心等候今后的发展吧！我们目前就应该向加泰玛表示感谢，因为就是这些果实召唤我们脱离沙门僧的道路！我们不必管加泰玛会不会给我们提供什么意外的、较好的东西，噢，朋友，我们只需要心境宁静地等待着就行。"

同一天，悉达多便向那位最年长的沙门说出了自己的决定，他将要离开他们。他态度极为谦逊有礼，这也是一个后辈和弟子应该有的态度。那个老沙门竟暴跳如雷，因为这两位年轻人居然要离开他们，他高声大叫，还骂了一些粗话。

戈文达十分惊恐，犹豫起来。悉达多却把嘴巴凑到戈文达耳边，小声告诉他说："现在我正好可以向老人显示显示，我从他那里学到了什么。"

这时他已站在老沙门僧面前，挨得很近，集中全部精神瞪眼对视着老人的目光，悉达多的目光蛊惑了他，使他变得呆滞，变得没有主意，让他屈从了自己的意志，并命令他，让他不声不响去做自己要求他做的事情。这个老人已变得呆滞麻木，两眼发直，意志瘫痪，胳臂往下垂落，在悉达多所施的魔力前完全无能为力。悉达多的思想已经攫住了这个老沙门，他必须完满地执行悉达多的命令。于是老人好几次俯下身子，摆出祈祷的姿势，喃喃说着一些为旅行而祝福的虔诚的话语。而两位年轻人也鞠躬致谢，他们回答了他的祝福后，有礼貌地告辞而去。

半路上戈文达说道："噢，悉达多，你从老沙门处所学到的东西远比我所了解的要多得多。要对一个老沙门僧施加魔力是不容易的，是一件非常难的事情。说真的，如果你还待在那里，我肯定你很快便可学会如何潜入水中的。"

"我并不渴望学会潜入水中，"悉达多说，"但愿这个老沙门自己能如愿以偿实现这种技艺吧。"

加泰玛

在沙瓦梯城，每一个孩子都知道这位不平凡高僧的名字，每一幢住宅都时刻准备着接待拥戴加泰玛的年轻人，接待默默无语的朝圣者，为每一只乞讨的饭碗盛满食物。城市附近坐落着一座叫作哈恩·耶塔华那的别墅，是加泰玛最喜欢住的地方。那是有钱的商人阿那塔比迪卡，加泰玛的忠实崇拜者，赠送给他和他的追随者的礼物。

两个年轻的苦修者根据种种传说的指引追寻着加泰玛的住地，终于来到了圣人居住的地区。他们一到达沙瓦梯城就在第一幢住房大门前站停了，他们乞讨食物，立即得到了食物，悉达多询问赠予他们食物的妇女：

"感谢你，仁慈的人，我们很想知道佛陀住在哪里，就是那位最尊贵的圣人。我们是两个从森林里来的沙门僧，我们来探访他，我们想见见这位完美的人，我们要亲耳聆听他的布道。"

那位妇女回答说："两位来自森林的沙门啊，你们远道而来，真是找对了地方。你们听好，在耶塔华那，在阿那塔比迪卡的花园里，正住着那位卓越的人。你们二位朝圣者可以到那里去过夜，那里有的是房间，可以容纳许许多多潮水一般涌来聆听圣人讲道的人。"

戈文达大为欢喜，兴奋地大声叫道："多美啊！我们算是到了目的地，走到头了。朝圣者们的母亲啊，请告诉我们，你认识圣人吗，你亲眼看见过他吗？"

那妇女又说："我见过他许多许多次，那位杰出的人。我很多次看见他穿着黄外套默默地走过街道，看见他默默地站在一些住宅前伸出乞讨的碗，然后又拿走盛满了食物的饭碗。"

戈文达听得十分兴奋，还想再询问、打听其他许多情况。但是悉达多提醒他继续上路。他们道谢后继续朝前行走，几乎不需要再询问路途，因为沿途有不少来自崇拜加泰玛团体的朝圣者和僧侣正往耶塔华那走去。当他们晚上到达别墅时，听见一批批连续不断的光临者的喊叫声、谈话声，喧哗着请求住房，并且得到了安顿。这两个过惯了森林生活的沙门很快便找到了栖身之处，不声不响地躺了下来，一直睡到次日清晨。

日出时他们环顾四周大吃一惊，昨夜在此地过夜的信徒和崇拜者简直可称是成群结队。美丽的小树丛间的每一条小道上都有披着黄色长袍的僧侣走来走去，他们还东一堆西一堆地坐在大树底下，有的在潜心修行，有的在相互切磋宗教上的问题，他们看见这座树荫覆盖的花园就像是一座城市，挤满了聚集在一起的蜜蜂般喧嚣的人。大多数僧侣这时正端着讨饭碗往外走，他们要进城去乞讨中午饭，这是他们一天的唯一一顿饭食。就连佛陀本人，这位照亮别人的人，每天早晨也总是走这条乞食之路。

悉达多看见了他，并且立即就辨认出了他，好像有一个神道在指点似的。他注视着他，这是一个穿着一身黄色僧衣的普通人，手里端着乞食碗，悄没声儿地在往前走。

"快看！"悉达多轻轻地对戈文达说，"这个人就是佛陀。"

戈文达仔细注视着这个穿黄色僧衣的僧侣，觉得他和其他几百个僧侣毫无区别。但是戈文达很快也辨认出此人正是他。他们便跟在这个人身后，并且细细观察着他。

佛陀谦逊地自顾自地走着，正沉溺于思索中，他那宁静的面容既不快活，也不悲哀，内心深处似乎在轻轻地发出微笑。他就带着这种隐蔽的笑容，又平静，又安稳，简直像一个健康的儿童。这个佛陀就这么走着，穿一身黄僧衣，迈着和其他僧侣同样的步伐往前走着。但是他的脸容和他的脚步，他那平静地低垂着的目光，他那不动的耷拉着的双手，甚至还有静静地垂直的双手上的每一根手指都表露出他心神安宁，表露出他的完美无缺，他并不探寻什么，也并不注视什么，只是温和地呼吸着，沉浸在一种永不凋谢的宁静的气氛中，一种永不凋谢的光芒中，一种不可触动的和平的光景中。

加泰玛就这么朝城里漫步走去，去乞求布施。而那两个沙门通过他那独一无二的宁静平和仪态的完美性，认出了他，他的仪态里没有丝毫欲望、追求、仿效和烦恼，只有光明与安宁。

戈文达说："我们今天可以听到他亲口讲道了。"

悉达多没有回答。他对布道并不怎么好奇，他不相信会学到什么新东西。和戈文达一样，他已经一遍又一遍地听说过这位佛陀布道时所讲的内容，尽管是通过第二者或者是第三者的口。但是当他细细凝视着加泰玛的头，他的肩膀，他的双脚，他那静静地垂着的双手时，他觉得，这双手的每一个指头的关节都有学问，会说话，会呼吸，散发着香气，闪烁着真理的光彩。这个人，这个佛陀全身直至最小的指头的姿势都是诚挚的。这个人是圣洁的。悉达多还从来不曾像尊敬这个人似的尊敬过一个人，像爱这个人似的爱过一个人。

两位年轻人追随佛陀一直到了城外，又默默无言地回转宿营地，因为他们已经考虑好这天进行节食。他们看见加泰玛回转住地，看见他在一群年轻人包围下用午餐——他吃得很少，少得连一只小鸟也喂不饱——他们看见他又回到了柠果树的树荫下。

黄昏时分，炎热已经消退，宿营地里，人人都变得活跃起来，大家聚集在一起，开始听佛陀布道。他们听着佛陀的声音，觉得连这声音也是完美无缺的，充满了优美的平静，充满了和平。加泰玛讲授的是关于苦恼的学问，讲到了苦恼的来源，讲到了解除苦恼的方法。他的话平和流畅，清晰明朗。生活是苦恼的，世界上充满了苦恼，但是可以找到解决苦恼的办法：谁若追随佛陀，就会得到拯救。

这位圣人用一种柔和的、然而却是非常坚定的声音讲述着，他讲授了四个主要句子，讲授了八个方面的途径，他按照一般的教学方法耐心地讲述着，反复举例，反复讲授，他的话语清亮而平静地朝听众袭来，就好似一道光芒，也好似一片繁星晶亮的夜空照亮了人们的心田。

当佛陀结束演说时，已是深夜了，有一些朝圣者当即走上前去，请求接纳他们加入团体，允许他们从学习中寻求庇护。加泰玛接纳了他们，并说道："你们学习得很好，你们的声明也很好。你们来吧，走进圣洁之中，准备好结束一切苦恼。"

瞧，连戈文达这个最腼腆的人也走上前去，说道："我也要求得到佛陀和他的学问的庇护。"戈文达请求加入年轻人的团体，他也被接受了。

正当佛陀转身准备去就寝时，戈文达急忙朝悉达多说道："悉达多，我并不是责怪你。我们俩一起听了佛陀的演讲，我们俩一起接受了他的教导。戈文达已经属于这种学说，他已经要求得到佛陀的庇护。可是你呢，可敬的人，你不想走这条获得拯救的新路吗？你还犹豫什么，你还想等待吗？"

悉达多听了戈文达这番话，便好似从梦中猛然醒来一般。他久久凝视着戈文达的脸，随后轻声答复道，语气中毫无嘲弄的意味："戈文达，我的朋友，你终于迈出了第一步，你终于选定了自己的道路。噢，戈文达，你永远是我的朋友，你一直是跟随着我的。我常常想，戈文达会不会有朝一日自己单独向前迈出一步呢，不依靠我，完全根据他自己的灵魂而向前迈出一步呢？瞧，你现在已是一个堂堂男子汉，你选择了自己要走的道路。但愿你沿着这条路走到底，噢，我的朋友！但愿你得到拯救！"

戈文达还没有完全明白他的意思，又用不耐烦的口气催促说："你说啊，我求求你，我亲爱的朋友！请告诉我，为什么你，我亲爱的朋友不和我一样请求得到我们可敬的佛陀的庇护，为什么会有别的情况呢！"

悉达多把手放在戈文达的肩上说："你没有听清我的祝愿，噢，戈文达。我再重复一遍：我祝愿你沿着这条道路走到底！我祝愿你获得拯救！"

一瞬间戈文达明白了，他的朋友就要离开他了，于是便哭了起来。

"悉达多！"他责怪地叫道。

悉达多温和地回答道："请别忘记，戈文达，你现在已经是佛陀的弟子了！你已经抛弃了祖国和双亲，抛弃了出身和财产，抛弃了你自己的志愿，抛弃了友谊。这是学习的要求，这是那位佛陀的要求。这也是你自己的愿望。明天，噢，戈文达，我明天就要离开你了。"

这一对朋友又在小树林里游荡了很久很久，后来他们躺下休息，还是久久不能入眠。戈文达一再逼问自己的朋友，要他解释清楚，为什么他不愿意求得加泰玛学说的庇护，他究竟在这一学说里发现了什么缺陷。可是悉达多一再回答说："你应该满足才是！戈文达！这位佛陀的学说十分卓越，为什么非要我从中找出缺陷呢。"

第二天一清早，佛陀的一位门徒，那批最年长僧侣中的一个，跑遍了花园各处，通知每一个参加学习的新人集合到自己身边，让他们穿上黄僧衣，并且向他们传授学说的启蒙知识以及弟子的职责。这时戈文达不得不离开自己的朋友，他再一次拥抱了自己青年时代的朋友，然后便加入新信徒的行列中去了。

悉达多却沉思着在稀疏的小树丛间漫步。

他迎面遇见了加泰玛，那个佛陀，当他满怀敬畏地向对方行礼时，他看见佛陀的目光里充满了安详和善意的神色，使年轻人顿时勇气倍增，敢于请求这位尊贵的人允许和他作一次谈话。佛陀默默地点头表示许可。

悉达多开言道："噢，尊敬的长者，昨天我有幸聆听了你的惊人演讲。我和我的朋友一起专门从远方来聆听你的教诲。如今我的朋友已留在你身边，他在你这里得到了庇护。而我则要开始自己新的朝圣事业。"

"你最喜欢哪些内容？"那位可敬的人谦逊地问。

"我的话也许过于狂妄，"悉达多接着说，"但是在我没有向尊敬的佛陀坦率地诉说我的思想之前，我不愿意离开此地。尊敬的长者肯不肯再赠予我片刻光阴呢？"

佛陀默默地点头表示许可。

悉达多便又说道："首先，噢，最尊敬的长者，你的学说使我十分震惊。你的学说中的一切都清清楚楚、十分完美，一切都有根有据；你把世界作为一个完美的整体，作为一条没有任何断裂的链条介绍给大家，把世界当作一条永恒的链条，一条由动机和效果连接成的长链。我觉得一切从来不曾呈现得如此清晰，也从来不曾得到过如此无可争辩的表现；每一个婆罗门的心肯定会更为崇高，只要他通过你的学说学会把世界作为一个互相关联的、没有缝隙的整体来加以观察，看到世界澄清得好似一块水晶，并不依赖任何偶然事件，不依赖于任何神道。不管人们是好是坏，生活是痛苦还是欢乐，一切都是悬而未决的，还都是未定的，因为这些都不是本质的东西——但是世界的和谐统一，一切现象的相互关联，一切伟大和渺小事物的相互依赖关系，根据自身的潮流，根据一切事物产生、发展和死亡的自身规律所形成的关系，都被你的卓越学说照得通明，噢，完美无缺的圣人。但是有一处地方，我根据你的学说，认为在一切事物的统一性和连贯性上恰巧存在着断裂之处，由于这小小的缝隙，和谐统一的世界里便汹涌流进了若干陌生的东西，若干新奇的东西，若干过去没有的东西以及若干既没有被指明过，也不可能予以证实的东西：这就是你的学说中关于战胜世界，获得拯救的部分。由于这小小的缝隙，这小小的断裂，导致整个永恒而统一的世界规律又重新破裂和解体。请你务必原谅我讲出这番异议来。"

加泰玛静静地倾听着，一动也不动。随后，这位完美无缺的圣人用他那和善、谦逊又十分清朗的声音说道："噢，婆罗门人的儿子，你听课很用心，因而你进行了如此深刻的思考。你从中找出了一道裂缝，一个缺陷。你还应继续深思下去。让我向你，好学的青年人，奉劝一言，面对树丛要使用头脑，面对争论要使用语言。一个人怎么思想都是合宜的，不论这种思想是美是丑，是聪明还是愚蠢，每个人都能够对它们加以追随，或者予以摈弃。但是你所听见的我的学说，并不是我的见解，这一学说的宗旨也并非为好学的求知者阐释世界。它的宗旨是另一种东西。它的宗旨是解脱痛苦。这就是加泰玛所讲的内容，而不是任何其他东西。"

"噢，尊敬的圣人，请不要生我的气，"年轻人说，"我并不想和你争论，像你方才对我说的，用语言进行争论。你讲的很有道理，值得商榷的地方很少。不过还请你允许我再说明一点：我就是一分一秒也不曾对你产生怀疑。我连一刹那也没有怀疑过你是一个活佛，你已经达到了目标，达到了成千上万众多的婆罗门人和婆罗门的儿子正为此而不懈奋斗的最高的目标。你已经找到了摆脱死亡的方法。你按照你自己的探索方法，通过思想、通过潜修、通过认识、通过领悟，寻求到了你自己的道路，佛陀就是你自己。而学习是使你成为佛陀的唯一途径！噢——尊敬的圣者，这些便是我的想法——没有人可以通过照搬别人的学问而获得拯救。没有人能这样，噢，尊敬的圣者，你能不能用话语，或者通过演讲告诉我，你在领悟时期究竟发生了什么情况！领悟佛陀的学问包括许多内容，你已经讲授了很多，要生活得诚实正直，要避免做坏事。而在你这番极其清晰明白、极其可贵的讲演中却没有包括某一项内容：这就是没有包括可敬的圣人自己亲身生活经历的秘密，他曾如何作为一个个人生活在数以万计的人中间。这便是我在倾听讲演时所想到的和认识到的。这也便是我为什么还要继续流浪的原因——并非去寻求另一种更为美好的学问，因为我明白，不存在这种学问，我只是要遗弃一切学问和老师，我要自己单独一人去攀登我的目标，或者去死亡。噢，尊敬的圣者，我会常常想到今天的，想到目前这一时刻的，因为我亲眼看见了一位圣贤。"

佛陀的眼睛默默地俯视着土地，他那莫测高深的脸容平静地流露出无可指责的镇定沉着的神色。

"但愿你的思想并无差错，"那位可敬的人慢悠悠地说道，"但愿你达到目的！但是请你告诉我：你可曾看见我那一大群弟子，我的无数兄弟，他们要从我所讲的学说中求得庇护？你是否相信，陌生的沙门僧，你是否认为所有这些人如果放弃学习而走向世界，或者回归到欲望中去，其后果会更好些？"

"这离我的想法太远了，"悉达多大声叫道，"但愿他们人人都留下来学习，但愿他们个个能到达自己的目的地！我绝无权力对任何其他人的生活做出判决！我只能对自己，对我个人做出判决，我必须自己选择道路，我必须自己决定取舍。噢，尊敬的圣者，我们沙门僧寻找如何自我解脱的道路。倘若我成为你的一名年轻追随者，噢，圣人啊，我害怕自己会发生这种情况，我只是表面地、虚假地让自己达到平静和获得解脱，而实际上却依然如故，因为我爱戴这一学说，是你的追随者，还因为我爱你，要把这一僧侣集体看成我自己！"

加泰玛微微笑着，用一种十分坚定而友好的目光凝视着陌生青年的眼睛，然后做出一个几乎难以觉察的手势和对方告别。

"噢，沙门僧，你很聪明，"可敬的圣者说，"你懂得如何讲聪明话，我的朋友。你的巨大智慧会保佑你的！"

佛陀转身走了，但是他的目光和那微微而笑的容貌已深深铭刻在悉达多的脑海里了。

他心中暗自思忖，我还从来不曾见过有这般目光和笑容的人，不曾见过如此走路和打坐的长者，我真切希望自己也能具有这种目光和笑容，也能如此走路和打坐，也能像佛陀一样，具有自由自在、可尊可敬、内在含蓄、开朗坦率、和蔼慈祥，同时又充满了神秘气息的仪态。然而，唯有一种人才能够切实具备这种目光和笑容，也就是他已进入自己内心最深之处的人。是的，我也要努力追求，进入我自己内心的最深处。

悉达多暗自思忖，我算是见到了一个我唯一一个必须在他面前垂下眼睛的人。我以后不会再在任何别人面前垂下眼睛，不会再有第二个人了。绝不会有任何学说再吸引我。因为就连这个人的学说也没能吸引我。

这位活佛夺走了我的心，悉达多想，他是夺走了我的心，然而却也馈赠了我很多很多。他夺走了我的朋友，这个朋友原来崇拜我，如今却改而崇拜他，这个朋友原来是我的影子，如今却成了加泰玛的影子。而他馈赠我的是悉达多，是我自己。

觉醒

当悉达多离开树丛，将那位佛陀、那位完美无缺的圣人留在后边，将自己的朋友戈文达留在后边时，他才感到，他也已将自己迄今为止的生活遗留在身后的树丛之中，自己也已和它们相脱离。这一感觉充溢于他全身，他沉思着慢慢向前走去。他沉入深深的潜思之中，仿佛自己已经潜过一条深深的小河，到达了这一感觉的基点，到达了根源的地方，而认识这一根源正是他所寻求的思想，唯有通过思想才可能给感觉以理性认识，而不至于迷失道路，并且还能掌握感觉的本质，开始让自己内在的东西放射光彩。

悉达多一面沉思，一面缓慢地朝前走。他发觉自己不再是年轻人，而已是一个成年男子了。他确信无疑，有一个人真的离开了他，让他感到自己好似一条蜕了一层皮的蛇，那个人如今不再在他身边，而过去，整个青少年时期，总是陪伴着他，而且是属于他的。那个人的愿望是找寻老师，聆听教诲。那位出现在他前进道路上的最后一位老师，那位最高贵、最聪明的长者，最神圣的活佛，他也离弃了，他不得不离开，否则便不能继续自己的学业。

这位思索着的人越走越慢，不断给自己提出问题："你不断学习，不断从老师处学得知识，有什么用呢？你学得很多很多，然而却不可能学完一切，这又该怎么办呢？"于是他得出结论："我就是这样一个人，我愿意学习一切的意义和本质。我就是这样一个人，一个愿意制服一切，从而得到解脱的人。但是我没有能力战胜一切，我只能够自己欺骗自己，我只能够远远逃开，我只能够隐蔽躲藏。事实上，世上万物中我头脑里考虑得最多的只有这个自我，这个不解之谜。我活着，我是单独一个人，我远远离开了所有一切人，我是和大家隔绝的，我就是悉达多！而世上万物中，我了解得最少的莫过于对我自己，对这个悉达多！"

当这个想法攫住了他时，这个缓缓朝前边走边想的思索者完全停住了步子。他脑子里倏地又冒出了另一个想法，一个全新的想法，这就是："我对自己一无所知，悉达多对于我如此陌生，完全缺乏了解，其原因只有一个，这个独一无二的原因便是我自己害怕自己，我是想从自己中脱逃出去！我寻求阿特曼，我寻求婆罗门教，我是自愿地将自己分割解体、剥去皮壳，以便脱尽外皮后找到那最不为人了解的最内在的核心，找到阿特曼，找到生命，找到神道，找到最后的一切。而我自己本人却在这一过程中消失不见了。"

悉达多睁开眼睛环顾四周，脸上露出了笑容，一种极深刻的感觉把他从漫长的睡梦中唤醒，它流经他的全身，从头顶直至脚趾。于是他便重新上路，飞快地跑了起来，好像一个很清楚自己要去干什么的成年男子汉。

"噢，"他一面作着深呼吸一面想，"如今我要做一个不再逃脱的悉达多了！我已不愿再将我的生活和我的思想每天开始于阿特曼和世上的烦恼。我不愿意再杀戮自己、分割自己，以便从废墟堆里找出一个大秘密来。我再也不学《瑜伽吠陀》，再也不学《阿闼婆吠陀》[1]了，我也不再当苦行僧，从事任何一种苦修了。我要从我自身学起，要当一个小学生，要认识我自己，认识悉达

---

[1] 见第 103 页注。

多的秘密。"

他环顾四周，好似他生平第一回看见世界。世界多美丽，世界多绚烂，世界真是奇妙而又迷人！这里是蓝色的，那边是黄色的，还有绿色的，天空在流动，河水在流逝，树林和山峰停滞不动，一切都美丽，一切都谜一般充满魅力，在一切之中是他，是悉达多，是这个觉醒的人，他正走在认识自己的道路上。所有这一切，所有这些黄色和蓝色，河流和森林，都是第一次进入悉达多的眼帘，如今在他身上已经不再存在魔罗[1]之类的魔力，不再存在诳[2]的蒙翳，不再存在毫无意义而又极为偶然的多种情况，对于这位正在进行深刻思考的婆罗门人来说，这些都不值分文，他蔑视多样性，探索统一性。蓝色就是蓝色，河流就是河流，在悉达多眼里，即或统一性和完美性存在于蓝色和河流之中，但这恰恰是形式和内容的完美性，这边是黄色，这边是蓝色，那边是天空，那边是树林，而悉达多就在这里。内容和实质并非总是隐藏在事物后面，它们就在其中，在一切之中。

"我真是愚蠢之至！"这位急匆匆向前行走的人暗自思忖。"倘若一个人阅读一篇文章，试图探索其中的意义，那么他便不会轻视文章的标志和字体，不会说它们都是谎言、偶然事件和毫无价值的表皮，而是细细阅读，从中学习东西，爱这篇文章，每一个字母都爱。而我自己呢，我要想读一本世界的书，读一本了解我

---

[1] 佛教名词，意译"扰乱""破坏""障碍"等，佛教指能扰乱身心、破坏好事、障碍善法者。

[2] 佛教名词，指矫揉造作掩饰自己过错的思想与活动。

自己本质的书，然而我读一本书的时候，首先偏爱进行一种推测性的思考，我蔑视标志和字体，我称世界的种种现象为欺骗，我称自己的眼睛和舌头为偶然的、毫无价值的幻象。不，如今这一切均已成为过去，我已经觉醒，我确确实实觉醒了，今天便是我的新生。"

悉达多想到这里，又一次打住了脚步，好似有一条毒蛇突然横在他前面的道路上。

正因为他猛然觉醒，所以，他，一个真正的觉醒者或者说一个新生者，必须重新生活，彻底从头开始。当他在那天清晨离开耶塔华那别墅的树丛，离开那个圣人的同时，就已开始觉醒，就已经走上了寻找自己的道路，这一条道路已成为他追求的目的，于是他，在经历了多年苦修生活后，要回转故乡去，要回转父亲身边去，这似乎已经是自然而然、不言而喻的事情了。但是，就在这一瞬间，就在他呆呆站着的时候，就在他感到好似一条毒蛇横在他前进道路上的时候，觉醒的他也产生了这种认识："我已经不再是过去的我，我已经不再是苦行者，我已经不再是祈求者，我已经不再是婆罗门。那么我回到家里和父亲待在一起可以做什么呢？学习？祭祀？沉思潜修？这一切早都已成为过去，所有这些都不会再存在于我的道路上。"

悉达多呆呆地站着一动也不动，在一个短暂的刹那间，他感觉自己的心似乎停止了整整有一次深呼吸那么长的时间。他感觉这颗心在自己胸膛深处像一只小兽，一只小鸟，或者一只小兔子似的凝固了，因为他发现自己是完全孤独的。多年来他无家无室，漫游四方，却从未有这种感受。而眼下他却有这种感觉了。长期以来，甚至在最遥远年代的潜修时刻中，他都是父亲的儿子，是婆罗门人，地位高贵，是一个僧侣。而如今呢，他只是悉达多，一个觉醒的人，此外便什么也不是。他深深吸了一口气，转瞬间觉得浑身发冷，打了一个寒战。没有一个人像他这样孤孤单单。世上并无任何一个高贵的人不属于高贵者集团，没有一个手工匠不属于手工匠集团，每个人总是从集团中寻求庇护，参与他们的生活，说他们的语言。没有一个婆罗门人不把自己视为婆罗门人，和自己同种姓的人生活在一起，没有一个僧人不从自己的沙门阶层中寻求庇护，甚至那些与世隔绝的、生活在森林里的隐居者也并非完全孤单的，他们也总是互相归属，每一个人都属于自己的阶层，这个阶层便是他的故乡。戈文达现在当了僧侣，那上千个僧侣便是他的兄弟，和他穿同样的衣服，有同样的信仰，讲同样的语言。可是他，悉达多，如今属于什么呢？他将参加何种人的生活呢？他将讲什么人的语言呢？

在这一刹那，周围的世界融解消失了，他像一颗高挂在天空中的孤零零的星星，就在这一瞬间，有一股寒冷和气馁沮丧的感觉在悉达多的心里油然而生，自我存在的感觉胜过以往，他不禁缩成了一团。他意识到这将是觉醒以来的最后一次震颤，是获得新生以来的最后一次痉挛。他很快便又重新上路，迫不及待地急匆匆往前走去，不回老家，不回到父亲身边，不走回头路。

第二部

卡玛拉

悉达多在自己新生的道路上每走一步就学习到许多新的东西，周围的世界起了变化，他的心被这世界迷住了。他凝望着太阳从密布树林的山峰上冉冉升起，又从遥远的棕榈树林的边缘缓缓下沉。他凝望着夜空中星星的队列，凝望着镰刀般的皎月像一艘小船在寥廓的蓝天中飘游。他凝望着树木、星星、动物、云儿、彩虹、岩石、野草、花朵、泉水和河流，凝望着晨光中灌木丛上的露水的闪烁，凝望着远处高山上的蓝色和白色，倾听着鸟儿和蜜蜂的鸣唱，倾听着风儿有节奏地掠过稻田的呼啸。世上万物千变万化、多彩多姿，自古以来从来如此，太阳和月亮每日按时上升，河水永远潺潺流动，蜜蜂永远嗡嗡嗡地喧闹，但是对悉达多说来，从前这一切都是不存在的，在他的眼睛前面好似有一道虚无缥缈的面纱，他用怀疑的目光观察一切，这一切又都由他头脑里的思想确定取舍，因为世上万物都并非本质，因为本质的东西显然只在那边。而如今他那解放了的眼光停留在这边了，他看见并认出了一切清晰可见的东西，他在这世界上找到了家乡，他不再寻找本质，他的目标不再是那边。只要人们不是带着深究的目光，而是带着孩子般单纯的目光去观察世界，那么世界就是极其美丽的。月亮和星辰是美丽的，泉水和河岸是美丽的，树林和岩石、山羊和金龟子、花朵和蝴蝶都是美丽的。如果随意漫游世界，无忧无虑、清醒开朗、毫无戒心地浏览着大千世界的景色，那是极其称心惬意的。有时候让太阳晒烤着头顶，有时候在树荫下纳凉，有时候品尝泉水和雨水，有时候又吞吃南瓜和香蕉。白天都显得短促，黑夜也显得短促，每一个钟点都飞速流逝，好似大海里的一张风帆，帆下的船只里满载着珍宝、满载着欢乐。悉达多凝视着一只猴子在高高的树林拱顶上戏耍，在枝干之间跳跃，倾听那动物唱着一支粗野的、充满渴望的歌曲。悉达多目睹一只公羊追逐一只母羊，最后终于跑到了一块儿。他在一片芦苇荡里看见梭子鱼因为饥饿而互相追逐，成群的小梭子鱼惊恐万分地跳出水面，水面翻腾着，粼粼闪光，它们在水里拼命地窜来窜去，激起一圈圈水涡，以逃避那迅猛的追捕。

所有这一切从古至今一贯如此，不过他过去不曾看见；他从未来过这里。如今他身临其境，他属于这一切。亮光和阴影从他眼前掠过，星星和月亮从他心里流过。

悉达多在途中还不时回忆起自己在耶塔华那的花园别墅里所经历的一切，他想起自己在那里聆听到神圣佛陀的演说，想起和好朋友戈文达的告别，想起同佛陀的那场谈话。他想起了自己对佛陀讲的那番话，便再度回忆这番话，回忆着每一个句子，他心里越想越惊讶，因为对于自己所讲到的东西，当时确实是一无所知的。他对加泰玛所说的一切：他的生活，活佛的生活，财富和人的秘密等其实并不是学问，而是一些不可言传和无法讲授的东西，仅只是自己在以往某些时刻所体会到的某种启示而已——而这些东西也正是他目前正在竭力汲取并开始体验的东西。现在他必须获得自己亲身经历的体会。正如他很久以来就明白，他得亲身体会阿特曼，亲自获得一个婆罗门人的永恒自我。可是他迄今还未能真正找到这个自我，因为他是想用思想这一张罗网加以捕捉。是否可以肯定自我不是肉体，同时也不是头脑里的游戏，更不是思想，不是理智，不是已经学得的知识，不是已经学得的技艺，不是从它们那里获得的结论，不是从已经思考过的念头中编织出新的思想世界。不是的，因为连这整个思想世界也都是属于这一边的，如果人们扼杀了头脑中这个非常偶然的自我，而正是这个偶然出现的自我丰富了人的思想和学说，那么人们也就不可能达到目的。思想和头脑，两者都是可爱的事物，在两者后面潜藏着人的最终的意识，两者都值得倾听，可以和两者嬉戏，两者都不能予以轻视，也不可过高估价，人们可以从两者中窃听到人类内心最深处的秘密声音。没有这个声音的命令，他不愿意致力于任何事情，没有这个声音的建议，他不愿意逗留于任何地方。那时候，当加泰玛坐在芭蕉树下讲学的时候，究竟是什么打动了自己，照亮了自己？他听见了一种声音，一种出自自己内心的声音，这个声音命令他，要在这棵树下寻找安息，于是他便不进行苦修，不做祭祀，不沐浴或者祈祷，不吃不喝，不睡觉不做梦，他服从了这个声音。并没有任何人发出命令，只有这个声音，他便驯服地听从了，随时随地准备着听从这个声音，这是对的，他必须这么做，除去必须之外，别的什么都不存在。

当天夜晚，他在河边一个渡船夫的茅屋里宿夜，睡着后做了一个梦：他看见戈文达穿着黄僧衣站在他面前。戈文达的模样很悲哀，他凄惨地责问道：你为什么离开我？于是他便去拥抱戈文达，伸出胳臂将戈文达拉进自己怀里，亲吻他，这时那人竟不再是戈文达，而是一个女人，这个女人解开衣裳，从衣裳里露出一对丰满的乳房，乳房里流出了汩汩乳汁，悉达多仰卧着、吮着乳汁，这个乳房里的乳汁又甜又浓。这乳汁有女人和男人，有太阳和森林，有野兽和花朵，有每一种果实和每一种乐趣的味道。他放怀痛饮，醉得不省人事。——当他从梦中醒来时，透过茅屋的门，看到泛白的河水在黑夜中闪闪发亮，从树林里传来一只黑色猫头鹰深沉而响亮的叫声。

天亮以后，悉达多请房东，那位船夫，把他渡过河去。船夫和他一起登上泊在河面上的竹筏子，广阔的水面上闪烁着红色的晨光。

"这是一条美丽的河流。"他对陪伴自己的人说。

"是的，"船夫回答说，"是一条美极了的河流。我爱它胜过世上的一切。我常常倾听它的声音，我常常望着它的眼睛，我常常从它那里学习东西。人们可以从这条河流学习很多很多东西。"

"感谢你，行善的好人，"悉达多说着，登上对面的河岸，"我没有任何礼物可赠送给你，亲爱的，我也付不出任何报酬。我是一个无家可归的人，一个婆罗门的儿子，一个沙门僧。"

"我已经看出来了，"船夫回答说，"我并没有期待你付给我报酬，也不想要你的礼物。以后有机会你会给我礼物的。"

"你相信我会还礼?"悉达多饶有兴趣地问。

"当然。连这一点我也是向河流学会的：世上万物都会回来的! 你也不例外，沙门，你也会回来的。好了，再见吧! 但愿你的友谊就是我的报酬。但愿你向神道祭献时想到我。"

他们互相微笑着告别分手。悉达多由于船夫的友谊和款待而高兴地微笑着。"他多么像戈文达，"他微笑着想道，"所有我在路上遇见的人，都像戈文达。大家都向别人表示谢意，虽然他们自己有权向别人要求感谢。人人都谦虚顺从，表示出善意友好，乐于听从，很少思想。人类全都是孩童。"

中午时分他经过一座村庄。小胡同里有许多孩子在泥土砌的小屋前打滚戏耍，玩着南瓜子和贝壳，他们叫嚷着、扭打着，一看见这个陌生的僧人便都吓得四散逃走了。村庄尽头处有一条穿过一道小溪的路，一个年轻女子正跪在溪水边洗衣服。悉达多向她问好，她抬起头来微微含笑地看了他一眼，这时他看到她眼白在闪光。他按游方僧人惯常的方式对她祝福后问道：到大城市去的路程远不远。她站起身子，走近他身边，她那张年轻的脸上湿润的嘴唇非常美丽。她向他投去一连串玩笑话，向他打听游方僧人吃不吃饭，传闻沙门夜晚都是一个人孤零零独宿在树林里，并且不允许女人在身边，是否都是实情。她边说边把自己的左脚搁在他的右脚上，同时还做了一个动作，这是一个女人通常对自己中意的男人要求他表示抚爱的姿态，那本名为《攀登高树》的教科书中便是这么说的。悉达多感到自己的血液里流过一股暖流，一瞬间，他那场梦境又降临了，他略略朝那个女子弯下身子，吻着她棕色胸部的高耸处。他看见那张对着他的脸庞满怀期待地微笑着，眯缝的眼睛也流露出炽热的欲念。

连悉达多自己也感到了欲望，觉得有一股性欲的泉流在体内翻滚。但是由于他还从来不曾接触过女人，所以便迟疑了片刻，尽管他的双手已做好准备去拥抱她。就在这一瞬间，他毛骨悚然地听见了自己内心的一个声音，这声音说"不"。于是这个青年女子微笑的脸庞上的一切魅力全消退了，他眼中所见的不过只是一只发情雌兽的水汪汪的目光而已。他温和地拍拍她的脸颊，转过身去，脚步轻快地走入竹林里，从这个失望的女人眼前消失了。

就在这天傍晚他到达了一座大城市，他非常高兴自己又和人群在一起。他很长一段时间一直住在树林里，或者住在船夫的茅屋里，这些便是他的宿营地，这些年来他第一次住宿在有屋顶的房子里。

在城外一座围着篱笆的美丽花园旁，这个流浪汉碰见了一小群男女仆人，手里都提着盛满物品的篮子。他们中间有一乘装饰华丽的四人抬的轿子，轿里坐着一位女子，一位贵夫人，只见她端坐在彩色缤纷的遮阳顶篷下的红色坐垫上。悉达多站在花园别墅的入口处，目送着这队人员通过，他逐个儿看着仆从、婢女、篮筐、轿子，最后看见了轿子里的贵夫人。在高高盘起的乌黑头发下的脸十分明朗、十分细致、十分聪明，鲜红的嘴唇好似一枚新采摘的无花果，修饰过的眉毛画得高高的，呈一道弧形，乌黑的眼睛也显得聪慧而又机警，细长光滑的颈项高耸在绿金两色相间的外衣上，一双光洁的手又细又长，戴着宽宽的金手镯，静静地放在膝盖上。

悉达多觉得她美极了，心里十分欣喜。当轿子来到跟前时，他深深地弯腰行礼，他直起身子时，重又注视着这张开朗可爱的脸，他朝那双明亮的，如弯月般的眼睛看了片刻，呼吸时闻到了一股他过去从未闻到过的香气。美丽的贵夫人微笑着点点头，转瞬间便消失在树丛之间，身后是她的一群仆从。

悉达多想，我总算进城了，一进城就见到了美丽的象征。他正想立即走进树丛时，却沉吟着站停了，这时他忽地想起，在篱笆入口处，那些男仆和婢女在打量他的目光中，似乎都带有一种轻蔑、怀疑，又拒人于千里之外的神色。

我至今还是一个沙门僧人，他暗自思忖，我还仍是一个游方僧侣和乞丐。我不能再这么下去了，不能再这样走进树丛里去。想到这里他笑了。

路上又过来一个行人，他便向来人打听这座花园和这位贵夫人的名字。他得知这里是卡玛拉的产业，卡玛拉是城里的名妓，她除了这座花园别墅，在城里还有一幢住宅。

他往城里走去。如今他心里已经有了一个目标。

他要去追踪自己的目标，他吮吸着城里大大小小街巷逸出的气息，他默默地伫立在广场上，他在河边的石台阶上略事休憩。将近黄昏时，他和一个在教堂拱顶的阴影里干活的理发店的帮手闲聊了一会儿，后米他去护持神 [1] 庙祈祷时又遇见了这个人，这人向他讲述了护持神和吉祥天女 [2] 的故事。当天夜里他在河边的一条空船上睡了一宿，第二天清晨，在第一批顾客尚未光临之际，他让理发店的那个帮手替他刮去胡子，修剪了头发，头发梳理后又抹了香膏。随后他就下河去沐浴。

当天下午美丽的卡玛拉坐着轿子回别墅时，悉达多正伫立在篱笆门前，他向她鞠躬行礼，同时也接受了那个高级妓女对他的问候。他向走在队列末尾的男仆招手示意，请求他报告女主人，有一个年轻的婆罗门人渴望同她谈话。片刻之后，那个仆人转回来告诉这位等候者，请他随自己进去，他默默跟随仆人走进了一座园亭。卡玛拉躺在一张睡椅上，仆人留下他后便走开了。

"你就是昨天站在门口和我打招呼的人吧？"卡玛拉问。

"是的，我就是昨天见过你，并向你行礼的人。"

"可是你昨天是蓄着大胡子，留着长头发，而且头发上积满尘土的呀？"

"你观察得很仔细，什么都看见了。你看见的人叫悉达多，一个婆罗门人的儿子，他离开自己的家乡，想成为一个游方僧，当了三年的沙门。如今他已离弃这条狭径，他来到了这座城市，而你，是他踏进城里之前遇到的第一个人。噢，卡玛拉，我来你这里就为了告诉你这一点：你是使悉达多垂下眼皮说话的第一个

---

[1] 印度教三大神之一，又称"毗湿奴"。

[2] 系护持神"毗湿奴"的妻子，被称为"爱神之母"，也是婆罗门教、印度教的命运、财富、婚姻和美丽女神。

女人。今后当我再遇见漂亮女人的时候，不会再低垂下眼睛了。"

卡玛拉微微一笑，手里玩弄着一柄孔雀毛扇子。他随即问道："悉达多来见我，就为了对我说这些话吗？"

"为了向你说这些话，也为了感谢你，因为你长得如此美丽。倘若你不嫌弃，卡玛拉，我想请你当我的朋友和老师，因为我对你熟谙的艺术还一无所知。"

卡玛拉放声大笑起来。

"我做梦也没有想到，朋友，竟会有一个从森林里来的苦行僧到我这儿，还愿意跟我学习！我做梦也没有想到，竟会有一个留长发、围一块破破烂烂的遮羞布的游方僧侣来我这儿！无数年轻人来到我这里，其中也有婆罗门人的子弟，不过他们个个穿着华丽，脚上是精制的鞋子，头上香气四散，口袋里全是金钱。就这样，沙门，年轻人都获得了他们所求的东西，你想从我这里得到什么呢？"

悉达多回答道："我已经开始跟你学习了。从昨天就已经开始学习。我已经刮去胡子，梳理过头发，还抹了香膏。你，绝色的人啊，我所缺少的就是漂亮衣服、漂亮鞋子和成袋的金币，你知道吧，悉达多从事艰巨的苦修，却把这种苦修看得易如反掌，并且达到了目的。我还有什么达不到的呢，我昨天晚上也已考虑过，也下了决心：我要成为你的朋友，跟你学习爱情的欢乐！你会看到我如何勤奋好学的，卡玛拉，我曾学习过十分艰巨的东西，比起你将来要教我的要艰巨得多。嗯，现在怎么样，今天这副模样的悉达多——头发上抹着香膏，却没有好衣裳、好鞋子，口袋里也没有钱，他能让你满意吗？"

卡玛拉笑着回答："不，尊敬的人，他现在还不能让我满意。他必须有衣服，漂亮的衣服，有鞋子，漂亮的鞋子，他口袋里得有许多许多的钱，并且不断赠送礼物给卡玛拉。现在你懂了吧，来自森林的沙门？你牢牢记住这些话没有？"

"我牢牢记住了，"悉达多叫道，"从这一张嘴里说出的话，我怎能不牢牢记住呢！你的嘴唇多么像一枚刚刚采摘下来的无花果，卡玛拉。我的嘴唇也很红、很新鲜，它们一定很相配，你等着瞧吧。——不过我还得请你告诉我，美丽的卡玛拉，你在这个游方僧人，在这个从森林里来向你学习爱情的沙门面前，丝毫不感到害怕吗？"

"为什么我要在一个沙门面前感到害怕？对一个来自森林的愚蠢僧侣，对一个长期生活在豺狼群中，完全不懂得女人的沙门，我为什么要害怕？"

"噢，他是强壮的，这个沙门僧人，而且他毫无所惧。他会伤害你的，美丽的姑娘。他可能会抢劫你。他可能会弄疼你。"

"不，沙门，我不害怕。难道会有一个沙门或者一个婆罗门人会害怕，害怕可能有人会抓住他不放，会抢劫他的渊博学问、他的虔诚以及他的深刻思想吗？不，他不会害怕的，因为这些东西只属于他本人，而他只愿意把它们授予自己想授予的人。事情便是这样，卡玛拉也正是这种情况，卡玛拉最擅长爱情的欢乐。卡玛拉的嘴唇鲜艳美丽，但是请来试试吧，如果你违背卡玛拉的意愿去亲吻它，那么你便不可能从它那里尝到一丝甜味，而它是懂得如何赐予别人许多许多甜味的！你是有学问的悉达多，你也学学这门学问吧：爱情可以祈求，可以收买，可以赠送，可以轻易到手，但是却抢劫不到。你的思想是误入歧途了。是的，真令人遗憾，像你这么一个漂亮小伙子会有这么错误的念头。"

悉达多笑着鞠躬道谢。"这也许是遗憾的，卡玛拉，你说得太好了！这也许是非常令人遗憾的事。不过，我还是不愿意失去你嘴唇上哪怕一点一滴的甜味，这也是远远超过你所想象的！情况就是如此：当悉达多取得了他所缺乏的东西，当他有了衣服、鞋子和金钱之后，他会回来的。不过，可爱的卡玛拉，你能不能再给我提供一个小小的忠告呢？"

"一个忠告？为什么不能呢？难道会有人不愿意替一个来自森林豺狼群中的无知而又可怜的沙门提供忠告吗？"

"那么，亲爱的卡玛拉，请你告诉我，我应该到何处去，才能够尽快获得这三样东西？"

"朋友，这就需要懂得很多东西。你必须会做你学过的事情，人家愿意为此付出金钱、衣服和鞋子。除此以外，一个穷苦人不可能得到金钱的。你究竟会做什么呢？"

"我会思索。我会等待。我会斋戒。"

"不会别的了？"

"是的。噢，我还会作诗。你肯不肯为我的一首诗付出一个亲吻作报酬？"

"我会愿意的，如果你的诗中我的意。这是首什么诗呢？"

悉达多沉思片刻后，吟诵道：

美丽的卡玛拉走进自己树木成荫的花园，

褐色的沙门正站立在篱笆的门边，

当他望见那一朵盛开的荷花，

不由深深鞠躬，她报以微微一笑。

青年人想道，向上天献祭多么美妙，

向美丽的卡玛拉献祭，也同样美妙。

卡玛拉大声鼓掌，臂上的金手镯叮当作响。

"你的诗很美，褐色的沙门，说真话，给你一个亲吻，于我毫无损失。"

她用目示意让他走近自己，他弯身把脸对着她的脸，把嘴唇覆在她那好似新摘的无花果般的红唇上。卡玛拉久久地吻着他，悉达多怀着深深的惊异觉察到她正在开导自己，觉察到她何等聪明，觉察到她控制了他，又拒绝了他，引诱了他，并且感觉到在这一初吻之后还有长长一大串安排得巧妙妥帖的、可供试验的亲吻在等待着他，每一种亲吻都和另一种有所不同，都是他所期待的。他深深吸着气，一动也不动地站着，在这一短暂的时刻！他像一个为知识和学习内容丰富而深深震惊的孩童似的，大大地开阔了眼界。

"你的诗十分美丽，"卡玛拉大声说，"倘若我很富有，我会付你一个金币。但是你想靠诗歌去挣很多钱，挣够你所需要的钱，那是很难的。因为你如果想当卡玛拉的朋友，你得有许多许多钱。"

"你多么善于亲吻哪，卡玛拉！"悉达多结结巴巴地说。

"是的，我擅长于此，因而我从不短缺衣裳、鞋子、手镯以及一切漂亮的玩意儿。可是你会什么呢？除了思索、斋戒和吟诗，你便什么都不会了吗？"

"我还会唱祭祀的圣歌，"悉达多回答说，"不过我今后不想再唱了。我会念咒语，不过今后也不想再念了。我还会读经文……"

"够了！"卡玛拉打断他说，"你会阅读？会书写？"

"这些我当然会。有些人擅长此道。"

"大多数人却不会。连我也不会。非常好，你会阅读和书写，好极了。就是念咒语的本事也会有用处的。"

这时有一个侍女飞跑进来，在女主人耳边悄悄诉说着什么事情。

"有客人来看我了，"卡玛拉大声说，"快，快走开，悉达多，你记住，别让任何人看见你在这里！我明天再见你。"

同时她又吩咐侍女拿一件白上衣给这个虔诚的婆罗门青年。悉达多还未弄清自己的处境，便被那个侍女带出门外，弯弯曲曲绕道走进一座花园凉亭，拿到白衣服后，又被带进了灌木林中，侍女还紧紧叮嘱他务必不要让任何人瞧见，立即离开花园。

他心情舒畅地完成了吩咐他做的事情。他在树林里早已惯于此道，他不声不响溜出树丛，又翻过了篱笆。他心满意足地回到城里，臂下挟着那件卷好的白衣裳。在一家旅游者经常光顾的小客栈门口，他停住了，默默地乞讨食物，又默默地接受了一个饭团。他暗暗思忖，也许可以维持到明天了，那么这一天中他可以不再乞讨。

他突然昂首挺胸，打起精神来。他已经不是沙门了，他将不再站着向人乞讨。他把饭团扔给一条狗，宁可不进餐。

"人们在这个世界上所过的生活是极其简单的，"悉达多沉思着，"我要过这种生活毫无难处。如果我还当沙门僧侣，一切便会困难得多，而结局也定然是又困厄又绝望。而目前一切都很轻松容易，轻松得就像卡玛拉教我的那堂亲吻课。我现在只需要衣服和金钱，此外便别无所求，而这一切全都渺不足道，它们不会搅扰我的睡梦。"

他早已打听到卡玛拉在城里的住所，第二天便找到那里去了。

"好极啦，"她见到他高兴地叫了起来，"卡马斯瓦密是这座城市里最富有的商人，他正等着你去见他。倘若你能使他中意，他就会给你安排工作。要做得聪明些，褐色的沙门。我通过别人向他讲述了你的情况。你要对他友好敬重，他是有很大势力的。但是千万不可低声下气！我不愿意你当他的奴仆，你得和他平等相处，否则我会对你不满意的。卡马斯瓦密已开始迈入老境，希望得到宁静悠闲。他如果喜欢你，他会非常信赖你的。"

悉达多微笑着，并向她道了谢。当她听说他昨天和今天均未进食，就吩咐人送来面包和水果，款待他进餐。

"你运气很好，"他们告别时她对他说，"一扇又一扇大门接连向你敞开。怎么会如此顺利？你是一个魔术师吧？"

悉达多回答说："昨天我就已经告诉你，我懂得思索、等待和斋戒，而你却认为这一切全都毫无用处。卡玛拉，你以后将会看到这一切都是极有用处的。你将会看到这个来自森林的愚蠢的沙门能够超乎人们想象地学会和擅长许多美丽的事情。前天我还是一个蓬头垢面的乞丐，昨天我便已亲吻过卡玛拉，不久我便会成为一个商人，非常富有，并且学会一切在你眼中很了不起的事情。"

"嗯，会的，"她表示同意，"但是没有我的话，你处境如何呢？如果卡玛拉不帮助你，你现在又能如何呢？"

"亲爱的卡玛拉，"悉达多说话时挺直了身子，"我走进别墅来到你身边，便是我迈出的第一步。我已下定决心要从这位最美丽的夫人处学习爱情。从我做出这一决定的瞬间起，我就知道自己会完成它的。我知道你会帮助我。在篱笆入口处你看我第一眼时，我就知道你会帮助我。"

"倘若我不愿意帮助你呢？"

"你会愿意的。瞧，卡玛拉，如果你把一块石子投入水中，它便会按它可能下沉的速度飞快沉入水底。如果悉达多有了目标，下了决心，情况也是这样。悉达多过去无所事事，他只是等待、思索和斋戒，但是他会穿透世上万物达到目的，好似石子穿越水流沉入水底，他不做别的事，什么也不能打动他，他随波逐流，听任自己往下坠落。他的目标牵引着他自己，因为他不允许任何违背他目的的思想存在于自己灵魂里。这就是悉达多跟随沙门云游四方时学会的本事。这便是愚人们称之为魔术的东西，因为他们认为是魔鬼在其中起作用。事实上魔鬼并不起任何作用，压根儿就不存在魔鬼。每个人都可能施展魔术，达到自己的目的，只要他会思索，会等待，会斋戒。"

卡玛拉默默倾听着。她喜欢他的声音，她喜欢他眼睛里的目光。

"事实也许如此，"她轻轻地回答说，"事实也许正如你所说的，朋友。事实也许还由于悉达多是一个漂亮男子，他的目光让妇女们喜欢，因此他总碰到好运气。"

悉达多用一个亲吻作为告别。"但愿如此，我的女老师。但愿我的目光永远讨你喜欢，但愿我从你这里永远得到好运气！"

和儿童似的人在一起

悉达多去拜访商人卡马斯瓦密，别人指点他来到一座富丽堂皇的房子，侍从带他走过无数昂贵的地毯进入一间居室，他便在那里等候主人。

卡马斯瓦密走进房间，这是一个行动敏捷、机智灵活的男子，头发业已花白，眼睛十分聪明机警，有一张性感的嘴巴。主人和客人亲切地互致问候。

"人家告诉我，"商人先开始说道，"你是一个婆罗门，一个学者，可是你又想从一个商人那里找一份工作。你是否正遭逢经济上的困难，婆罗门人，所以想找工作？"

"不是的，"悉达多说，"我现在并没有什么困难，从来也没有过困难。你知道，我刚刚离开那些游方沙门，我曾跟随他们生活了很长时间。"

"如果你来自游方沙门，怎么能说你没有遭逢困难？游方僧人不都是一无所有的吗？"

"我是一无所有，"悉达多回答说，"按照你的看法，我是这样。我确实一无所有。然而我是自愿如此，因而我并不是遭逢困难。"

"你一无所有，但又靠什么生活呢？"

"我从没有想到这个问题，先生。我一无所有地生活已三年有余，还从不曾考虑到这个问题：我依靠什么生活。"

"于是你想过一下另一种有产者的生活。"

"大概是这样。商人除了发财也会想另一种生活的。"

"说得很好。然而他从不无代价地接受任何人，他要另一人为此付出商品。"

"世上的现实便是这样。有人接受，有人付出，这便是生活。"

"请允许我询问：如果你一无所有，你要给人什么呢？"

"人人都给人以自己拥有的东西。战士付出力量，商人付出货物，学者付出学问，农民付出稻米，渔人付出鲜鱼。"

"说得好。现在的问题是：你付出什么呢？你过去学习了什么，你擅长什么？"

"我会思索。我会等待。我会斋戒。"

"就这些?"

"我想,就这些了!"

"这些有什么用处呢?例如斋戒——它有什么好处呢?"

"它极有好处,先生。如果一个人无物可吃时,斋戒便是他可干的最明智的事情。举例来说吧,如果悉达多没有学会斋戒,那么他在今天之前早就该找一份差事来做了,不管在你这里,或是在其他地方,因为饥饿将迫使他这样做。但是悉达多却能够静静地等待,他从未不耐烦过,从未感到困难,很久以来他就不知道饥饿为何物,他可以嘲笑饥饿。先生,这就是斋戒的好处。"

"你说得有道理,沙门。请稍候片刻。"

卡马斯瓦密走出房间,拿着一卷纸又走了回来,他把那卷纸递给客人并问道:"你能看这个文件吗?"

悉达多凝视着纸卷,纸上记载着一份商业合同,于是便开始大声朗读合同的内容。

"读得很好,"卡马斯瓦密称赞说,"你愿不愿在纸上写些什么给我看看?"

他递给悉达多一张纸和一支笔,悉达多一挥而就,把纸递还主人。

卡马斯瓦密朗读着:"书写有益,思索更佳。智慧有益,容忍更佳。"

"你写得真漂亮,"商人赞美说,"我们以后还会再共同切磋一些问题的。今天我邀请你做我的客人,请你留宿在这里。"

悉达多表示感谢后，接受了邀请，从此便居住在商人的家里。有人替他送来了衣服和鞋子，还有一个仆人每日侍候他沐浴。每天都有人端给他两顿丰美的饭菜，但是悉达多每天只进一餐，并且既不吃肉也不饮酒。卡马斯瓦密向他讲述自己买卖上的事，让他去看货物和仓库，指点他如何计算。悉达多认识了许多新东西，他注意倾听，很少说话。他牢记卡玛拉的嘱咐，从来不向那个商人低声下气，迫使他和自己平等相处，是的，甚至还超过了平等相处的关系。卡马斯瓦密细心谨慎地经营自己的买卖，常常怀着极大的热情，悉达多却把这一切视同儿戏，他只是努力学习如何精确掌握商业规律，而它们的内容却丝毫不能触动他的内心。

他在卡马斯瓦密家没有住很久就已参与主人的商业事务。但是他每天都按照美丽的卡玛拉指定的时刻去拜访她。他穿着漂亮衣裳、漂亮鞋子，而且不久也开始赠送礼品给她。她那殷红、聪明的嘴教了他许多事。她那双细巧、灵活的手也教了他许多东西。他在爱情方面还只是一个儿童，盲目而不知餍足地一头跌进了那深不可测的娱乐之中，她指点他一切教育的根本，告诉他，人不能光接受欢娱而不付出欢娱，告诉他，她的每一种姿态，每一次抚摸，每一回接触，每一道目光，她躯体上每一个最细微处的秘密，都是为了唤醒他的求知的幸福。她教导他，一对情人在一次爱情的欢乐后彼此不应当立即分开，如果他们还没有彼此让对方惊叹，还没有像应有的那样互相征服，那么两个情人就谁也不会产生腻味和无聊的感觉，也不会出现自己滥用感情或者被别人滥用感情的恶劣情绪。他在美丽聪明的女艺术家身边度过了许多极美妙的时刻，他是她的学生，她的情人，她的朋友。如今，他在这里，在卡玛拉身边获得了生活的价值和意义，却不是在卡马斯瓦密的商业事务中。

那位商人委托他起草最重要的信件和贸易合同，并且渐渐习惯于同他商量一切重要的商业事务。他很快发现，悉达多对于谷物和棉花，对于航海和贸易懂得很少，但是他的手很有运气，而且悉达多在平静沉着上胜过了作为商人的自己，还有他默默倾听的本事，以及深入到外国人中去的本领。"这个婆罗门人，"他对自己的一个朋友说，"不是一个地道的商人，将来也永远不会是，他的灵魂对于商业事务毫无热情。但是他具有某种人所具备的秘密本领，他会让成果自动落到他身上，他生来福星高照，好像是一个魔术师，有某种特殊本领，这大概是从游方僧人那里学来的。他从事商业买卖永远好像是在做游戏，它们从来不曾完全进入他的内心，它们根本不能控制他，他从不害怕会失败，从不顾虑会遭受亏损。"

那个朋友向商人建议说："你把买卖交给他，让他当你的代理人，给他三分之一的红利，如果亏损了，那么他也得付出这同样的份额。这样的话，他一定会勤奋起来的。"

卡马斯瓦密接纳了这个建议。悉达多却仍然漫不经心。买卖赢利了，他平心静气地收下自己的份额；买卖亏损了，他便笑笑说："啊，你看，这回干得很糟糕呢！"

事实上他对商业事务是漠不关心的。有一次他旅行到某个村庄去，打算购进那里新收获的大批稻谷。当他到达该地时，谷物已被另一个商人收购一空。然而悉达多仍旧在这个村庄里待了一些日子，他款待了该地的农民，送给他们的孩子许多小铜钱，还参加了一个婚礼，最后才心满意足地回去了。由于他没有立即返回，卡马斯瓦密责怪他浪费时间和金钱。悉达多却回答说："请不要责备吧，亲爱的朋友！我还从来没有见到用责备能办成任何事情的先例。亏损既然已是事实，就让我来承担损失吧。我个人十分满意这次旅行。我认识了很多人，有一个婆罗门人还成了我的朋友，儿童们骑在我的膝上嬉戏，农民们带领我观光他们的田地，没有一个人把我当作一个商人看待。"

"你说的这些情况很有趣，"卡马斯瓦密恼怒地大声说，"不过我以为，你事实上只是一个商人！难道你单单是为了消遣娱乐才去那里旅游的吗？"

"当然，"悉达多笑着回答说，"我当然是为了消遣才去那里的。这又怎么样呢？我认识了许多人，熟悉了该地区的情况，我享受到了友谊和信任，我找到了朋友。瞧，亲爱的，倘若我是你卡马斯瓦密，当我看到买卖已遭挫败，就会立即忧心忡忡地急忙赶回来，但是事实上时间和金钱已经丧失了。至于我，却度过了一些好日子，我学到了很多东西，享受到了快乐，我没有因情绪恶劣、办事匆忙而伤害自己和伤害别人。如果我以后某个时候又重去该地，也许就是去采购下一次收获的稻谷，或者是为了其他诸如此类的目的，那么我就会受到友好人们的热情款待，那时我将称赞自己幸而当时没有流露出匆忙和不快。别生气了，朋友，不要由于呵斥而损伤了你自己！如果果真有那么一天，你可以说：

这个悉达多给我带来了损害，你就只需要说一个字，悉达多就会马上离开。在那一天来临之前，你我还是互相满意地相处吧。"

　　不论卡马斯瓦密如何千方百计要悉达多相信，他吃的是卡马斯瓦密的面包，然而，统统徒劳无益。悉达多认为他吃的是自己的面包，更确切地说，他们俩人吃的是其他人的面包，一切人的面包。悉达多从来听不进卡马斯瓦密在他耳边诉说的种种忧虑，而卡马斯瓦密却一直是忧心忡忡的。一桩在进行的买卖正受到失败的威胁，一批寄送的货物可能失落，一个债务人可能付不出欠款，卡马斯瓦密从来没能说服自己的合伙人相信这一切考虑都是有益的。一切忧伤和愤怒的话语全属多费唇舌，只是白白地增添了额头上的皱纹和让自己在夜晚失眠而已。后来有一次卡马斯瓦密当面指着他说，悉达多已把他所懂得的一切统统学去了，得到的回答却是："请不要和我开这样的玩笑！我从你那里学到的只是一满筐鱼价值若干，一笔贷款能够收取多少利息。这些是你的学识。我的思索本领却不是跟你学会的，尊敬的卡马斯瓦密，你最好还是找一找，你从我这里学去了什么吧。"

　　他的灵魂确实不在商业上。做买卖是有好处的，他可以源源不断把钱存放在卡玛拉处，而她储存的远远不止他带去的数目。此外，悉达多有兴趣的只是参与人们的生活，了解他们的事业、手艺、忧虑、娱乐和蠢事，对于这一切他过去完全陌生，就像遥远的月亮。他轻易地达到了可以和一切人交谈，和一切人生活在一起，向一切人学习的目的，如今他深切地感到，究竟是什么东西把他和人们隔离的，那便是他的沙门苦行主义。他看到人们以一种儿童似的或者动物似的方式生活着，他既爱这种生活，却又蔑视这种生活。他看着他们努力奋斗，看着他们因为某些事情而痛苦和烦恼，而这些东西在他眼中完全毫无价值，不过是为了金钱，为了一点点快乐，为了一些微不足道的荣誉而已。他看着他们彼此互相辱骂、互相责备，看着他们互相痛殴，这一切都为沙门所耻笑，因为一个沙门僧不会有感觉物质匮乏的痛苦。

对于人们给予他的一切，他都坦然处之。商人们都热诚欢迎他，因为他购买他们提供的亚麻布；负债者欢迎他，因为可以向他求得贷款；乞丐们欢迎他，因为他能整小时地耐心倾听他们叙述自己的苦难经历，其实和一个沙门相比，乞丐们的穷困只抵得上沙门的一半。他对待那些富有的外国商人和对待一个为他理发的仆人以及那些沿街叫卖的小贩毫无二致，他购买香蕉时总听任他们多要几文小钱。当卡马斯瓦密来看望他，向他诉说自己的苦恼，或者为了一桩买卖上的事来责怪他，悉达多总是好奇而满面笑容地静静倾听着，对这个人感到惊奇，试图去了解他，尽量让他觉得自己有点道理，觉得不可以缺少自己，然后便转身离开他，转向另一个人，一个渴望见他的人。每天都有许多人来拜访他，有些人是来和他做买卖的，有些人是来诈骗他的钱财的，有些人是来聆听他教诲的，有些人是来求得他的同情的，还有许多人是来听取忠告的。他向他们提出忠告、建议，他向他们表示同情，他慷慨解囊相助，他让自己稍稍受些欺骗，他认为这一切纯属儿戏，而世上人人都是满怀热情从事这一游戏的，他也热衷于思索，和他少时热衷于信仰神佛和婆罗门一样。

偶尔他感觉在自己胸膛深处有一种微弱的、死亡的声音，这声音轻轻警告着他，轻轻责备着他，轻微得几乎难以听清。后来，在某些时刻，他感到自己过的是一种奇怪的生活，因为他在这里所做的一切诚实的工作，其实只是一种游戏而已，虽然这都是自己乐于去做、并且不时让自己觉得愉快的事情，而真正的生活却从自己身边流逝消失了，他丝毫也没有触及。就像一个打球的人打球一样，他把自己的活动视为游戏，把自己周围的人只看作是在一起游戏，他观察着他们，从他们身上找到乐趣，而他的心，他的生命的源泉却不和他们在一起。这股源泉离他远去，越来越远，渐渐消失不见，和他自己的生活不再有任何关系。某些时候，他很为自己的这种思想吃惊，希望自己能够摆脱这种思想，希望自己也能够满怀热情、全心全意地做一切每日必做的幼稚的事情，希望自己也能够真实地生活，真实地工作，真实地享受，真实地活着，而不是作为一个旁观者只站在生活一边。

他始终不间断地去拜访美丽的卡玛拉，去学习爱情的艺术，去进行爱的祭礼的操练，给予和接受这两者在爱的祭礼中合二为一，这是任何其他地方都没有的。他和她随意闲聊，他向她学习，向她提出忠告，同时也接受她的忠告。她了解他，胜于从前戈文达对他的了解，她是一个和他相似的人。

有一回他对她说："你是和我一样的人，你和大多数人大不相同。你就是卡玛拉而不是任何其他人，在你内心深处有一块僻静的避难处，某些时刻你就进去避难，让自己觉得像到了家里一般，我也会这样。但是其他人很少有人会这样，虽然人人都能学会的。"

"并非人人都是聪明的。"卡玛拉说。

"不对，"悉达多回答说，"事情并不决定于聪明不聪明。卡马斯瓦密和我一样聪明，然而他内心并没有一个避难处。他会的是另一套，而心智上只是一个幼童而已。大多数普通人，卡玛拉，都像一片片落叶，随风飘舞、旋转、摇摇晃晃，最后掉在地上。另外还有一些人，这些人为数很少，他们好似天上的星星，按照固定的轨道运行，没有任何风能够到达他们身边，他们有自己的生活规律和自己的生活轨道。我认识许多学者和沙门，在所有这些学者和沙门中，我认为其中有一个人便是这种类型的完人，我永远也不能够忘记他。他就是加泰玛，这是个活佛，他宣讲自己的学说。成千上万的年轻人每天聆听他授课，每时每刻都依循他的规范行事，可是他们个个都只是飘落的树叶，在他们自己内心里并没有学问和规律。"

卡玛拉脸露笑容注视着他。"你又谈到他了，"她说，"你又回到沙门思想上去了。"

悉达多沉默不语。接着他们又开始爱情游戏，是三十或四十种不同游戏中的一种，全是卡玛拉所熟谙的。她的肉体像一只美洲豹和一张猎人的弓似的柔韧有弹性；不论谁向她学习爱情，都会熟习各式各样的乐趣和许许多多秘密。她长时间地逗弄着悉达多，引诱他，又推开他，压迫他，又紧紧拥抱他，欣慰于他的纯熟技巧，直至他被征服，精疲力竭地躺在她身边为止。

那个艺妓俯身向着他，久久地凝视着他的脸，望着他那双变得疲倦的眼睛。

"你是我最好的爱人，"她沉思地说，"是我见到的最好的爱人。你比其他人更为强壮，富于韧性，更为顺从。你对我的艺术学得很到家，悉达多。到一定的时期，在我年纪再大点的时候，我要为你生一个孩子。可是，亲爱的，你仍旧是一个沙门，你仍旧不会爱我，你任何人都不爱的。难道不是这样吗？"

"大概是这样，"悉达多疲倦地说，"我和你一模一样。你也不爱任何人——否则你怎么能够把爱情作为一门艺术来经营呢？像我们这种类型的人也许不会爱人的。儿童似的人们却会爱，这是他们的秘密之处。"

僧娑洛 [1]

悉达多度过了很长时间的世俗生活，品尝到了种种乐趣，却仍然无所归依。他的官能感觉在那些火热的沙门生活年代中曾经遭受扼杀，如今又觉醒了，他享用了财富和权势，淫欲也得到了满足；但是在这段很长的时间中，他的内心深处依旧是一个沙门，卡玛拉，这个聪明的女人一眼就看清了这一点。指引他生活道路的始终是那些思索的本领、等待的本领和斋戒的本领，世界上的人，那些儿童似的人们，对于他始终只是陌生人，正如他在他们眼中是陌生人一样。

[1] 僧娑洛 (Sansara)，印度婆罗门教中对轮回循环观点的专门称呼，意谓人必须历尽沧桑才能获得新生。

一年年安适快乐的日子飞快地流逝，悉达多简直没有感觉到年华的消逝。他已经非常富有，他早已有了一幢自己的住宅，有了自己的事业，在城外的河边还拥有一座花园。人们都很喜欢他，当他们需要金钱或者忠告的时候就跑去找他，但是没有一个人能够接近他，除了卡玛拉。

他成长年代经历过的每一个光辉灿烂的阶段，例如聆听加泰玛传教后的那些日子；和戈文达分别后的那些日子；那一次非常紧张的等待；那种既无理论指点又没有老师传授的令人自豪的独立生存；那种让自己在内心深处听到神道声音的待命状态都逐渐变成了回忆，成了过去。如今，那过去曾一度在他面前流动，甚至还在他体内流动的圣泉，已变得遥远，它的流动声也变得轻微了。然而有许多他从游方僧人处学得的，从加泰玛处学得的，从自己的父亲、这位高贵的婆罗门人处学得的东西，在经过了漫长的岁月以后却仍实实在在地留存在他心里：有节制的生活，乐于思索的习惯，潜修的方法，有关于既不属于肉体也不属于意识的永恒自我的秘密知识。它们中的某些部分仍保留在他身上，某些部分则一个接一个地沉没了，被尘土所淹没了。好似陶工的圆盘，一度开动得很好，转动到一定的程度之后，便逐渐开始磨损，减慢速度，逐渐停止摆动，在悉达多的灵魂中转动着苦行主义者的轮子、思索的轮子、辨别的轮子，它们连续转动了很长时间，始终还在不断震动，但是它们的震动速度逐渐减慢，变得迟疑不定，已渐渐接近静止状态。如同湿气缓缓渗入一棵渐渐枯死的树木残干一样，逐渐使它膨胀腐烂，悉达多的灵魂里渗入了世俗气和懒散习气，这些习气渐渐充塞了他全部灵魂，使他的灵魂变得沉重，疲倦，麻木僵化。与此同时，他的感官却活跃了，学到了很多东西，经历了很多事情。

悉达多学会了做买卖，学会了对人们行使权力，学会了和女人寻欢作乐，也学会了穿着华丽的衣服，使唤奴仆，在香喷喷的热水里沐浴。同时他还学会了享用细致精美的饭食，吃鱼、吃肉、吃禽类、吃调味品和种种甜食，还学会了喝酒，让酒把他带入迟钝迷失的境界。此外他还学会了下棋，掷骰子，坐轿子，观看舞女表演，在柔软的床上睡觉。然而他还是和其他人不同，他感觉自己比他们优越，他永远微带讥笑地冷眼旁观世人，对他们总是带有一点嘲讽意味的轻蔑感，这种轻蔑感和他当沙门僧时经常对世人所怀有的那种感觉一模一样。每逢卡马斯瓦密有了病痛，发怒生气，或者自以为受人伤害，或者因为买卖上的烦恼受折磨时，悉达多总是带着讥笑的神色在一旁袖手旁观。随着时间的流逝，随着一个个收获季节和雨季的消逝，悉达多这种讽刺的锋芒渐渐地、不知不觉地变得软弱无力了，他的优越感也渐渐平息静止了。悉达多随着财富的增长，渐渐地接受了人们儿童似的生活方式的若干东西，他自己也有了若干儿童气和怯懦心情。而且，他还开始羡慕他们，随着时间的推移，他和他们越是相似，这种羡慕心也就越发强烈。他羡慕他们具有自己所缺乏，而他们却具备的东西，那种他们可以把自己的生命寄托其上的东西，那种对于欢乐和恐惧的热情，那种对永恒爱情的又担忧又甜蜜幸福的追求。这些人始终不停地迷恋他们自己，迷恋妇女、儿童、荣誉或者金钱，迷恋于种种规划或者理想。但是他并没有向他们学习这些，恰恰没有向他们学习这种儿童似的欢乐和愚蠢。他向他们学习的只是那些令人不快的、他自己也很轻蔑的东西。后来日益频繁地出现了下列情况：每度过一个社交晚会后，悉达多第二天便睡到很晚才起床，感觉自己又迟钝又疲乏。还出现了这种情况：每当卡马斯瓦密用自己的烦恼来消磨他的时间时，他便生气发怒，变得急躁不安。还出现了如此情况：每逢他掷骰子输了的时候，便过分地高声大笑。他的脸容依然显得比其他人更聪明、更有精神，但是他笑得越来越少，他的脸上接连不断地出现了人们经常在富豪们脸上见到的种种特征，那种不知餍足的、病态的、阴郁的、懒散的、冷酷无情的特征。渐渐地，富豪们的病态灵魂攫住了整个悉达多。

疲乏像一道纱幕，一阵薄薄的烟雾降临在悉达多身上，它们慢慢地变厚，并且一天天，一月月，一年年地变得又浓又沉，好似一件新衣服随着时间的流逝逐渐破旧，它的美丽光彩随着时间而消失不见，出现了斑点，出现了皱纹，边缘也开始破损，这里那里都显露出磨损和破绽的样子。悉达多的新生活也是如此，他和戈文达分手后的新生活也已经变得破旧，脸上业已丧失当年的颜色和光彩，斑点和皱纹逐渐集积，原来隐藏在内心的丑恶，如今一一露了出来，得到的只是失望和厌恶。悉达多对此毫无觉察。他只是觉察到自己内心深处那种响亮而坚定、一度使他觉醒并且在他光辉灿烂的成功年代总是起指导作用的声音，如今却变得沉默了。

世俗世界已经俘虏了他，娱乐、欲望、懒散以及那个他一贯认为是愚蠢透顶、同时又极其蔑视、讥讽的东西：贪婪，最后也压倒了他。连财产、产业和财富也把他俘虏了，它们对他已经不再是游戏和玩具，而成了锁链和重负。通过掷骰子游戏，悉达多终于从一条奇怪而奸诈的道路滑进了他自己最后的、最可鄙的歧途。也就是说，他已有相当长的时间忘了自己是一个沙门，悉达多开始参加攫取金钱和珍宝的赌博，以往他是一贯嘲笑此道，而且把它当作儿戏而随随便便参加的，如今却越来越成了他的癖好并津津乐道了。他是一个令人生畏的赌徒，很少有人敢和他抗衡，敢投入过高的赌注。为缓和心理危机，他从事赌博、挥霍和输光那些可怜的金钱，让自己得到一种发泄怒气的欢乐，他找不出其他任何办法能够更为清楚明了并讽刺挖苦地表明自己对于财富——商人们奉为偶像的财富——的轻蔑藐视了。于是他无情地投入极高的赌注，他自己憎恨自己，自己嘲讽自己，他捞进成千上万，又抛出成千上万，输掉了金钱，输掉了首饰，还输掉了一座别墅，后来又赢了回来，接着又输掉了。那种恐惧，那种令人担心和令人窒息的恐惧，每当他玩这种游戏时就化为乌有了，他心惊胆战地投下极高的赌注时，就觉得快活，他试图使这种游戏不断得以更新，不断予以提高，他赌瘾越来越大，因为唯有在这些游戏中他才多少感到有点儿幸福，有点儿陶醉，觉得在自己那饱和餍足、犹豫不决、单调乏味的生活中多少增加了一些内容。每一次输了大钱后，他便设法积累新的财富，他更热心于买卖，更严厉地强迫自己的负债人偿付欠款，因为他要继续参加这种游戏，他要继续挥霍浪费，他要继续向大家显示自己如何蔑视财富。悉达多在赌输时已不再冷静镇定，他不允许欠债人拖延付款，对乞丐失去了同情心，对馈赠早已兴趣索然，不再借款给那些苦苦哀求者。他，这个在掷骰子的游戏中挥金如土的豪赌者，在输光后可以付之一笑的人，做起买卖来却越加厉害，越加小气，偶尔夜里做梦还梦到金钱！他常常从这种丑恶的着魔状况中睡醒过来，常常在自己卧室墙上的镜子中照见自己的脸容日益衰老和丑陋。羞愧和恶心之感也常常向他袭来，于是他便继续设法逃避，去追求新的幸福的游戏，逃入肉欲的麻醉之中，沉溺于酒的麻醉之中，随后又回过头来忙于积累财富和赢利。他在这毫无意义的反复循环中奔波，使自己精疲力竭，日益衰老，身患疾病。

有一天一个梦警告了他。那天黄昏时分他和卡玛拉待在一起，在她那美丽的花园里。他们两人坐在树下聊天，卡玛拉讲了一些充满忧思的话，这些话语后面隐藏着某种悲伤和倦意。她请求他讲述加泰玛的事，并且老是听不够，加泰玛的眼睛如何纯洁，他的嘴唇如何平静美丽，他的笑容如何善良，他行走时的步态如何平稳端庄。他不得不把这位高贵活佛的事迹向她描述了很长时间，接着卡玛拉叹了一口气，说道："到了一定时候，也许不久，我就要去追随这位活佛。我要把我的花园赠送给他，我要从他的学说中寻求庇护。"可是说完这话之后，她又开始挑逗他，在爱情的嬉戏中带着痛苦的热情把他紧紧搂在怀中，唇对着唇，眼中含着泪水，好似她要再度从这种短暂的淫欲中挤出最后一滴甜蜜。悉达多觉得奇怪，他从来不曾意识到，这种淫欲和死亡的距离是何等接近。然后他躺在她的身边，卡玛拉的脸紧挨着他。这时，他比过去任何时候都更清楚地看到，在她眼睛底下和嘴角边上所显出的可怕字迹，一种由细细线条、淡淡纹路所堆成的字迹，一种令人想起秋天和老年的字迹，于是他想到，就连他悉达多本人也已过了四十岁，他那一头黑发里已经到处出现了白发。卡玛拉美丽的脸上明显地记载着劳碌的痕迹，记载着她走过了一条长长的路途，而这条路并没有愉快的终点，因而她开始憔悴和枯萎。她私下里还从没有说起过：她害怕衰老，害怕秋天，害怕必然来临的死亡，也许她还没有不安地意识到这些。他叹着气和她告别，脑子里充满了不愉快，充满了隐秘的恐惧。

晚上，悉达多在自己寓所里和一些舞女饮酒消磨时光，向那些和他地位相等的人开着玩笑，却已经失去了优越感。他喝了大量的酒，午夜之后才摸索着上了床。他疲倦了，却依然很激动，几乎绝望得想大哭一场。他久久地毫无效果地追寻着睡眠，心里充满了一种他自己也认为难以继续忍受的悲苦，充满了恶心，这味道就像是从胃里泛出的酒气，就像是令人觉得甜腻而迷茫的音乐，就像是那些舞女过分娇柔的笑声，也像是从她们头发上和胸脯上散发出来的刺鼻的香气。而比这一切更令他恶心的是他本人，是他自己头发里的香气，是他自己嘴巴里的臭味，是他自己躯壳里的疲乏和不快。好似某个人吃得太多或者喝得太多而感到难受，希望能通过呕吐而解除痛苦，于是这个失眠的人也是这样，希望自己经历这阵巨大的恶心浪潮后能够获得这种满足，能够摆脱这种日常习俗，摆脱全部毫无意义的生活，摆脱他自己。直至晨曦微露，住宅前面的马路上开始喧闹时，他才有点瞌睡懵懂，他迷迷糊糊地打了个盹。就在这片刻中，他做了一个梦：

卡玛拉有一只金色的鸟笼，里面养着一只奇异的鸣鸟。他梦见了这只小鸟。他梦见这只小鸟变哑了，而从前它每天清晨时分总是啁啾鸣啭。他很奇怪，便走近鸟笼，这才发现这小鸟儿已经死了，直挺挺地躺在笼底。他取出这只死鸟，在自己手里握了一忽儿，然后把它扔了出去，丢在马路上，就在这扔出去的一瞬间，他感到很害怕，觉得心里有一阵刺痛，似乎他在扔死鸟时把一切有价值的和美好的东西也一起扔了出去。

醒来后，他觉得自己被一种深深的悲哀所笼罩了。他看到自己以往的生活是无聊的，既无价值又无意义；没有给他留下任何生气勃勃的东西，也没有任何珍贵或者值得保留的东西。他是孤单的，心里很空虚，好似河滩上一艘遭难搁浅的破船。

悉达多情绪阴沉地来到那座属于他自己的花园，关闭好小门后，在一棵杧果树下坐下来，感觉死神已进入他心中，感觉满怀恐惧，他坐着，思索着，觉得有什么在自己体内死亡了，枯萎了，正在走向尽头。他慢慢集中起自己的思绪，一生所走过的全部道路再度在脑海中浮现，首先是最早年的日子，那时他已能够沉思潜修。他曾否经历过幸福、自己认为是真正欢乐的日子呢？噢，有的，他曾经有过好多次这样的经历。少年时代的他就品味过这种欢乐，当他赢得婆罗门人赞扬的时候，当他在背诵圣诗，在和学者们辩论，在担任祭祀仪式的助手时都有过这种感觉，他显得出类拔萃，远远超过自己的长辈们。那时他心里有过这样的感觉：你面前有一条路，你正受到它的召唤，神在期待着你。接着又到了青年时代，他努力赶超一大群和他同样不断追求更高思想目标的青年，他为婆罗门的思想而痛苦过，每一次达到新的知识领域的同时，心里新的求知欲又被点燃了。于是他总又听见同一个声音在呼唤："向前！向前！你正受着召唤！"他接受了这个声音，选择了沙门生活，离开了自己的故乡，他又一次听从这个声音离开那批沙门来到那个完人身边，后来也是这个声音让他离开那个完人走向了捉摸不定之中。他已有多少时间没有听见这个声音了，他已有多长时间不再攀登高峰了，他这些年走过的道路何等平坦、何等荒芜，许多许多长长的年代，他没有高尚目的，没有心灵欲求，没有任何提高，他满足于小小的娱乐，然而事实上从来不曾满足过！连他自己也并未意识到，他在长长的这些年中是努力、渴望成为所有许多人中的一个人，成为儿童似的人，但是这些年他的生活较之其他人的生活却远为悲惨和困难，因为他们的目标和他的大不相同，还有他们的忧虑，卡马斯瓦密这类人的整个世界对他也仅只是一场游戏而已，只是一场供人观赏的舞蹈、一幕喜剧而已。唯独卡玛拉是他真心所爱的，是他十分看重的——但是她现在怎么样了呢？他还需要她吗，或者她还需要他吗？难道他们要玩一场没有尽头的游戏？为这场游戏而活着是必要的吗？不，这是不必要的！这场游戏的名字叫僧娑洛，一场儿童玩的游戏，这场游戏也许玩起来很迷人，一次，两次，十次——但是可以永远、永远一再地玩下去吗？

悉达多顿时明白，这场游戏已经到达终点，他不能再继续玩下去。一阵寒流朝他身上袭来，侵入了他的内心，于是他觉得自己身上有些东西业已死亡。

那一天他整日坐在杧果树下，思念着父亲，思念着戈文达，思念着加泰玛，为了成为一个卡马斯瓦密式的人而离弃他们是应该的吗？夜幕降临时，他依然坐着不动。他一面抬头仰视着天上的星星，一面想，"我现在还坐在自己的杧果树下，还在自己的花园里。"他微微一笑——他本人拥有这么一座花园，拥有这么一棵杧果树是正确的吗？是必要的吗，难道不是一场愚蠢的游戏？

连这一切他也决定作个了结，在他眼中这些东西也已经死去。他站起身来向杧果树告别，向花园告别。由于他整日没有进食，感觉有一阵剧烈的饥饿，他想起了自己在市区里的住宅，想起了自己的卧室和床铺，想起了摆满食物的餐桌。他疲倦地笑着，摇了摇头，也向这一切告了别。

就在这同一天夜晚，悉达多离开了自己的花园，离开了这座城市，之后永远也没有回去。卡马斯瓦密找寻他很长时间，认为他一定是落入强盗手中遭了殃。卡玛拉没有找过他。当她听到悉达多失踪的消息时，丝毫也不惊讶。她不是始终等着这一天的吗？难道他不是一个沙门，一个流浪者，一个苦行僧吗？她想得最多的是他们最后一次相聚时所得的感受，他们从失败的痛楚中寻取欢乐，在这最后一次会面中她还紧紧把他拉近自己的胸怀，并且再一次感受到自己完全为他所占有和征服。

当她第一次听见悉达多失踪的消息时，她走到窗前，走到关着那只奇异鸣鸟的金色鸟笼前，她取出小鸟，让它飞向空中。她久久地目送着那只飞走的鸟儿。从这天开始她不再接待客人，她关闭了自己的住宅。过了一段时间她发现自己和悉达多最后一次相聚时怀了孕。

河边

悉达多在树林里游荡，离开那座城市已经很远很远，他只有一个想法：决不再回那个城市，以往许多年的生活早已成为过去，他已经尝够了，业已到了憎恶的地步。那只鸣鸟已经死去，这是他梦中所见。事实上是那只小鸟已经在他的心里死去。

他深深沉浸于僧娑洛之中，他已经从一切方面尝够了憎恶和死亡的滋味，好似一块海绵吸够了水，业已到达饱和程度。他对一切都已经厌倦，心里充满了痛苦，充满了死亡之感，世界没有任何东西再能够吸引他，让他高兴，让他得到安慰。

他热切地渴望忘记自己，渴望得到安静，渴望死亡。但愿有一个闪电击毙他！但愿有一只猛虎吃掉他！但愿有人给他一杯酒，一杯毒药，这药将使他麻醉、忘却和沉睡，永远不再觉醒！难道还有哪一种污秽是他自己所不曾沾染过，哪一种罪孽和蠢事是他所不曾做过，哪一种灵魂上的荒芜空虚是他所不曾承受过的？难道他还可能生存吗？难道他还可能一次又一次重新呼吸，感到饥饿，重新进食，重新去睡觉，重新去躺在女人身边吗？这种不间断的循环往复对他来说难道还不该结束和中断吗？

悉达多来到森林里一条大河边，这条河正是当年他还是一个青年人时，从加泰玛的城里出来要求一位船夫为他摆渡的河流。他走到河边站住了，犹豫不定地停留在河岸上。疲劳和饥饿已经使他十分虚弱，他为什么还要继续往前走，要往何处去，要达到什么目的呢？不，他已经不再有任何目的，除了这些充满深深痛苦的渴望，除了那场震撼了自己的荒唐梦境，除了呕出自己饮下的这杯苦酒，除了结束这一可怕而又可耻的生活之外，他已经什么也没有了。

有一棵椰子树弯曲着伸向河面，悉达多将肩膀靠在树干上，伸出一条胳臂搂住树干，往下俯视着碧绿的河水，河水在他身下潺潺流动。他俯视着河水，心头涌起一个坚定的愿望，解脱自己，让自己沉没在河水中。倏地他身下的河水仿佛出现了一片可怕的空白，这仿佛正反映着他灵魂里那种可怖的空白。是的，他是完了。留给他的道路只有自己消灭自己，只有彻底摧毁自己那毫无作为的一生，把它抛弃，不理会神道的嘲笑。这些正是他所热烈向往的巨大突破——死亡，彻底破坏他所憎恨的躯壳！但愿鱼儿把他吞食干净，他悉达多这条狗，这个狂人，这个腐烂败坏的躯体，这个毁坏了的灵魂！但愿鱼儿和鳄鱼将他吞食，但愿恶魔把他撕得粉碎！

他凝视着水中自己那歪曲的脸庞，那脸容时隐时现。他浑身疲软，松开了搂着树干的胳臂，稍稍旋转身子以便让自己垂直地落进水里，最终葬身水底。他要紧闭双眼沉下去，迎接死亡。

这时从他灵魂的一个偏僻角落，从他疲倦一生的遥远的过去传来了一个声音。这是一个字，一个音节，他不费思索便喃喃地念出了声，这是所有婆罗门祈祷书里最初的一个字和最后的一个字，这就是神圣的"唵"，它和"功德圆满"或者"完美无缺"具有同样丰富的意义。就在"唵"的声音传进他耳内的一瞬间，他那已经死去的灵魂猛然苏醒，使他一下子认清了自己行为的愚蠢。

悉达多深感震惊。如今他竟处于这等境地，如此孤独，竟背弃一切知识误入歧途，以致想自寻短见，以致这个死的愿望，这个幼稚的愿望会在他身上变得如此巨大：为寻求平静，竟不惜消灭自己的肉体！所有一切痛苦，一切醒悟，一切失望，在最近这段时间里都不能影响他，而眼前这一瞬间，这个"唵"却深深进入他的意识，并对他起了影响，促使他认识到了自己的不幸和迷乱。

"唵！"他出声念着，"唵！"于是他想起了婆罗门，想起了不可摧毁的生活，想起了他已经忘却的一切神圣东西。

虽然这一切仅只有一刹那，犹如一道闪电，而悉达多已经倒在椰子树下，他的头枕在树的根部上，沉入了深深的梦乡。

他睡得很熟，一个梦也没有做，他有很长时间都没有睡得这样的香甜了。几个钟点后，当他醒来时，感觉好似已经过了十年之久，他听见轻柔的流水声，不明白自己身在何处，是什么人把他搬到了这里，他睁开眼睛，吃惊地看到头上是树木和蓝天，他回想自己在什么地方，为什么会来到此地。然而他还是迷糊了很长一段时间，过去像被一层纱幕所笼罩着，无比遥远，无限宽广，又完全无关紧要。他只知道自己过去的生活（这种生活在他开始沉思的一瞬间重又在他脑海中浮现，它们就像是一个早已消逝的、往日的化身，像是他本人的幼年）——而他业已离弃了这种过去的生活，他满怀厌恶和不幸，宁愿抛弃生命，他在一条河边，在一棵椰子树下，要想回归自我，嘴里念诵着"唵"这个圣字，进入了一个安然死去的境界，此刻醒来却成为一个新人，观望着周围世界。他轻轻地念出"唵"，他曾在默诵这个圣字中入睡，如今他觉得自己那整个过去的年代不过是一次悠长深沉的"唵"的念诵，一次"唵"的思索，一次深入沉思和彻底到达"唵"的境界，到达无可名状的完善境界。

这又是一次何等奇妙的睡眠啊！有生以来还从没有哪次睡眠竟能使他像今天这样：头脑清醒、精神抖擞，也仿佛年轻了许多！也许他真的已经死去，已经消亡，而现在托生在一个新的躯体里？但是事实并非如此，他认识自己，认识这双手和这双脚，认识他所躺的地方，认识这个胸膛里的自我，认识这个悉达多、这个固执而奇怪的人，然而这个悉达多也已经有了变化，他获得了新生，他令人奇怪地沉沉入睡，又奇异地觉醒过来，他心情愉快而好奇。

悉达多坐起身子，看见自己对面坐着一个人，一个陌生人，一个穿黄袈裟的已经剃度的僧侣，他正在打坐静修。他凝视着那个既无头发也无胡子的陌生人，片刻后他认出面前这个僧侣就是戈文达，他儿时的朋友，那个向可敬的佛陀寻求庇护的戈文达。戈文达老了，他也老了，但脸上的神色却依然如故，仍表现出热切、忠实、探求和慎重的神色。此刻戈文达感觉到了他的目光，便张开眼睛望着他，悉达多看出戈文达并没有认出自己。戈文达见他苏醒过来十分高兴，显然他已在这里坐了很久，期待他苏醒，尽管他并没有认出悉达多。

"我睡着了，"悉达多说，"你到这里来做什么？"

"你是睡着了，"戈文达回答说，"在这种地方睡觉很不好，这里毒蛇成群，又是林中野兽出入的要道。噢，先生，我是尊敬的加泰玛的一个弟子，就是那个活佛、那个释迦牟尼的弟子，我和一群与我同样的弟子去参拜圣地，路过这里看见你躺在水边，正睡在一个危及生命的地方。因此我试图唤醒你，噢，先生，我见你睡得很香，便决定留下来守护你。但是，你瞧，连我自己也睡着了，而我本意是要守护熟睡的你。我玩忽职守，疲倦制服了我，行啦，你现在已经苏醒，我可以去追赶自己的弟兄们了。"

"我感谢你，沙门，你在我熟睡时看护了我，"悉达多道谢说，"你们佛门弟子都待人厚道。你现在可以继续赶路了。"

"我去了，先生，祝愿先生永远健康。"

"谢谢，沙门。"

戈文达行了一个礼，说道："再见。"

"再见，戈文达。"悉达多回答。

僧侣呆住了。

"请允许我动问，先生，你怎么会知道我的名字的？"

悉达多微微笑着。

"我认识你，噢，戈文达，从你还住在父亲小屋里的时候，从我们在婆罗门学校里的时候，从我们参加祭祀仪式和共同走上沙门道路的时候，也从你在耶塔华那的树丛里请求佛陀收为弟子的时候就认识你了。"

"你是悉达多！"戈文达大声叫道，"现在我认出你了，我真弄不明白自己怎么会没有立刻认出你。欢迎你，悉达多，能够再见到你，我非常高兴。"

"我也很高兴再见到你。你是我熟睡时的守护者，我得再次表示道谢，虽然我并不需要任何守护者。噢，我的朋友，你要到何处去？"

"不去何处。我们僧人常年云游四方，只要不是雨季，我们总是从一地赶到另一地，按照我们自己的规律生活，向人们宣讲教义，接受布施，然后又动身上路。永远如此。你呢，悉达多，你要到哪里去？"

悉达多说："我的情况和你同样，朋友，我也不到哪里去。我只是不停地赶路，去参拜圣地。"

戈文达说："你说你也去参拜圣地，这我相信。但是很遗憾，悉达多，你看上去不像一个朝山进香者。你穿的是有钱人的衣服，脚上是最上等的鞋子，你头发上的香水味儿芬芳怡人，这可不是一个朝山进香者的头发，不是一个沙门的头发。"

"好，亲爱的，你观察得很精确，你那尖锐的目光看清了一切。然而我并没有对你说，我是一个沙门游方僧。我只是说：我要去参拜圣地。事实便是这样：我正要去参拜圣地。"

"你去朝拜圣地，"戈文达说，"可是很少有朝圣者穿戴这样的衣服、鞋子，有这样的头发。我年年朝圣，还从没有遇到过像你这样的朝拜圣地者。"

"我相信你所说的，亲爱的戈文达。但是现在，今天，你恰巧碰见了一个这般模样的朝圣者，衣服华丽，鞋子高贵。请记住，亲爱的：造化世界是短暂多变的，是暂时性的，而最为不能持久的是我们的外表，我们头发的款式，以及我们的头发和躯体本身。我身上穿着富人的衣服，你清楚地看到了这点。我如此穿戴，因为我曾经是富人，而我的头发修饰得像一般世人和沉湎于酒色的人，因为我曾经是他们中间的一员。"

"那么现在呢，悉达多，你现在怎么样呢？"

"我不知道，我知道得和你同样少。我正走在半途中。我曾是富人，如今不再是了；而我明天将会怎样，我自己也不知道。"

"你失去了你的财产？"

"我失去了财产，或者说是它失去了我。对于我来说，是丢了它。造化的车轮转动何其迅速，戈文达。婆罗门人悉达多如今何在？沙门悉达多如今何在？富商悉达多如今何在？一切暂时之物都是过眼烟云，戈文达，你懂得的吧。"

戈文达久久注视着自己的朋友，眼睛里满是疑虑神情。他还是向他祝福问好，如同人们对待上等人那样，然后就动身上路了。

悉达多微笑着目送他远去。他一直爱着戈文达，这个为人忠实、行为谨慎的人。在当前这个时刻，在经历了为"唵"所渗透的奇异睡眠之后的这一美妙时刻，他怎能不爱任何人，不爱任何事物呢！通过睡眠和"唵"在他身上所发生的情况恰恰就是魔力之所在，使他热爱一切，首先是对自己看见的东西全都充满了欢乐的爱情。对于悉达多，魔力正在于此，过去他曾病得如此严重，以致不能够爱任何东西和任何人。

悉达多含笑目送着逐渐远去的游方僧人的身影。睡眠使他精神倍增，但是饥饿也在剧烈地折磨着他，因为他已有两天不曾进食，而他顽强地对抗饥饿也已有相当长的时候了。他忧伤地，同时又含着微笑回想着那些年代。他清楚地记得，当年曾向卡玛拉夸耀自己的三大高贵而不可制胜的本领：斋戒——等待——思索。这些曾经是他所拥有的财富，他的权力和力量，他的坚固的司令部，在他那一系列勤奋而艰苦的青春年代中，他所学习的就是这三大本领，并没有其他任何东西。但是他遗弃了它们，如今这些本领已荡然无存，他已经不再斋戒、等待和思索了。他把自己奉献给了那些最最可鄙的东西，那些昙花一现的东西，那些感官的娱乐、奢侈的生活以及金钱财富！事实上他的境遇何等稀奇古怪。看来，如今他已切切实实成为一个儿童似的世俗人了。

悉达多思考着自己的处境。他对思索曾经毫无兴趣，现在更觉得思索困难了，然而他却强迫自己进行思索。

眼下，他想，我总算又摆脱了所有这一切过眼烟云的短暂事物，我又自由自在地站立在阳光下，就像我过去还是个幼儿时那样，没有任何东西属于我所有，我什么也不会，什么事都做不到，什么东西都没有学习过。这种情况是多么的惊人啊！现在，当我已不再年轻，头发已花白，精力也减退衰弱的时候，我却又要从头，像孩子似的从头做一切事！于是他又无奈地笑了笑。是啊，他的命运是何等的奇怪呀！命运还要伴随他继续往前走，因此如今又变得一片空白，赤裸裸而愚蠢地独自站在世界上。但是他对此毫不忧虑，相反，感到有一种巨大的刺激，引得他想大笑，笑自己，也笑这个奇怪而愚蠢的世界。

"它将一直陪伴我往下走！"他自言自语说，并且为此而发笑。他一边自言自语，一边把目光投向脚下的河水，他看着河水，河水也是往下流淌的，永远不停地往下流，而且一边流一边欢乐地唱着歌。这情况使他很高兴，他亲切地朝河水发出微笑。"这不正是那条他曾一度想淹死自己的河流吗？是在一百年以前，或者是在他的一场梦中？"

事实上我的生活很奇怪，他这么想着，我走着奇怪的弯路。在儿时，我只同神道打交道，做着祭祀的事。青年时代的我只是奉行禁欲主义，进行思索和潜修，我探索婆罗门的道路，我崇敬永恒的阿特曼。作为一个婆罗门青年，我追随忏悔者，我生活在树林里，忍受着暑热和酷寒，我学习忍受饥饿，学习让自己的躯体萎缩。随后，那位伟大佛陀的学说又奇妙地启迪了我，我感到关于世界和谐统一的知识就像是我自己的血液似的在环绕我循环不已。可是即使是活佛和他的伟大知识，我也不得不离开。我走了，我跟随卡玛拉学习爱情，跟随卡马斯瓦密学习做买卖，我积累金钱，又浪费金钱，我学习娇宠自己的肠胃，学习逢迎自己的感官。我为此花费了许多年，我丧失了灵魂，荒疏了思索，我忘却了统一和谐。事实不正是如此吗？我慢慢地，绕了一个巨大的弯路后从一个男子汉变成了儿童，从一个思索者变成了一个儿童似的人？然而这条道路也曾经有过极好的时期，而那只鸟还没有在我心中死去。但是这又是一条怎样的道路呢！我不得不经历如此众多的蠢事、罪恶、谬误、丑恶、绝望和不幸，仅仅只是重新变成一个儿童，仅仅只是能够从头开始。然而这是正确的，我的心认为它是对的，我的眼睛为它而欢笑。我必须经历种种失望，必须让自己的思想下降到一切最愚蠢的思想中去，直至想到自杀，为了能够体会神的恩典，为了重新听见"唵"，为了能够得到真正的睡眠和真正的觉醒。我必须为自己建造一个大门，以便在自己心中重新找到阿特曼。为了能够重新生活，我不得不犯下罪孽。我还有什么道路可走呢？这条道路是滑稽可笑的，它弯弯曲曲，也许还在绕圈子。然而只要是路，我就愿意随之前行。

他感到自己胸膛里翻腾着奇异的喜悦感情。

他询问自己的心，这种喜悦来自何处，你为什么如此愉快？它大概来源于这次长长的、美好的睡眠，难道是它促成我如此幸福的吗？或者来源自我所念诵的"唵"字？或者来源于我的逃遁，因为我偏爱逃遁，是它终于让我再度自由自在，好似天空下的一个儿童？噢，这种逃遁何等美好，这种自由何等美好！这里的空气又纯净又新鲜，多么令人舒畅！而那边，我离开的那个地方，那里的一切东西闻着都有一股子油膏味，香料味和酒气，都有一种过分富裕和懒惰闲散的味道。我多么憎恨这个富人的世界，这个饕餮者、赌博者的世界啊！我多么憎恨自己，因为我居然在这个可怕的世界里逗留了如此长久！我竟然这样惩罚自己、毁坏自己、毒害自己、折磨自己，让自己变得又老又坏！不，我将来绝不会再做自己曾一度非常乐意去做的事了，我可以想象其结果的，因为悉达多要变聪明了！聪明会使我善良、愉快，如今我终于结束了那种自己反对自己的可憎生活，那种愚蠢而荒芜的生活，我必须对此表示赞美！我赞美你，悉达多，经过那么多年愚昧之后，你又取得了突破，做出了一点行动，你听见了自己胸膛里那只小鸟唱歌的声音，你正随歌声高高飞翔！

他沾沾自喜地自我赞美着，又好奇地倾听着胃肠里因饥饿而发出的咕噜声。于是他感觉有点儿痛苦和悲哀，因为最后一段时期的日子纯然是虚度浪费，直至自己完全被绝望和死亡所吞食。然而这样也是好的。倘若他没有在卡马斯瓦密身边停留如此长久，赚取金钱，又浪费金钱，填饱肚子，却让灵魂枯竭；倘若他没有在这个舒适的、软绵绵的地狱里居住如此长久，他便不可能达到这种完全无法安慰的绝望境界，也就是这个他站在汩汩流动的河水上下定决心消灭自己的非常时刻。由于他尚能感觉这种绝望和深恶痛绝的感情，由于自己并没有向它们屈服，由于那只鸟儿，那欢乐的泉源和声音还生动地活在自己的心里，他为此而深感快乐，为此而放声欢笑，灰白头发下的脸庞因而容光焕发。

"这样很好，"他想道，"把人们认为必须知道的一切都亲自去品尝品尝。世俗的欢娱和财富并不是什么好东西，我从小就已经学过。我知道这一点已经由来已久，而亲身经历却是最近的事。如今我算是真正知道了这些，不仅是在记忆中，而且是亲眼所见，更是用自己的心和自己的胃进行了体会。我很高兴我懂得了这一切！"

他久久地思索着自己这种转变，悉心倾听那只鸟儿和他一样欢乐地歌唱。他不是曾经感到这只鸟儿已在他胸膛里死去吗？不，在他身体内死去的是一些别的东西，是一些早已渴望死去的东西。它们不正是那些他从前在自己激情满怀的忏悔年代中所企图加以扑灭的东西吗？它们不正是那个自我，那个渺小、不安而骄傲的自我，那个他与之战斗了许多年、总是一再把他征服的自我吗？它们经过许多年代的灭绝之后又一再重新出现，它们不总是禁止欢乐，接受恐惧吗？它们不正是那些促使他在眼前这条可爱的河水里自寻死路的东西吗？它们不也正是通过这场死亡使他变为一个儿童，充满信心、无所畏惧、兴高采烈的东西吗？

　　悉达多直到此刻才知道，当年作为一个青年婆罗门，一个忏悔者在这场和自我进行的斗争中为什么会徒劳无益。由于它们的阻挡，我少学了许多知识，许多诗句，许多祭祀规则，许多清苦修行的本领，少做了许多事，少做了许多努力。他曾经多么傲慢自大，总是自以为最聪明、最勤奋，永远比别人先行一步，永远是最有学问和最高尚的人，永远是僧侣或者是智者。他的自我一直悄悄潜藏在这种傲慢自大、高贵风尚和教士精神里，坚固地在那里生根，成长，而他还自以为在自己斋戒和忏悔时便已将它们消灭干净。现在他看得很清楚，自己胸膛里那秘密的声音是正确的，没有任何老师能够解救他。因而他不得不进入世俗世界，让自己迷失在情欲、权力、女人和金钱中，不得不充当一个商人、掷骰子的赌徒、酒鬼和饕餮家，直至自己身上的僧侣和沙门被杀死为止。因而他不得不继续忍受这种丑恶生活，忍受恶心，忍受一种毫无意义的荒芜迷茫生活的指导，直至完结，直至陷于极度绝望，直至连寻欢作乐的悉达多、贪得无厌的悉达多也灭亡为止。他已经死了，一个全新的悉达多已从睡梦中觉醒。总有一天这个新的悉达多也会衰老的，也会死去的，悉达多是短暂的，世上任何形象都是短暂的。但是他今天是年轻的，是一个儿童，这个新的悉达多，内心里充满了欢乐。

他思索着这些问题，含笑倾听着胃里的响声，感谢地倾听着一种蜜蜂似的嗡嗡嗡的声响。他愉快地望着眼前汩汩流动的河水，没有哪一条河比这条河流更让他满心喜欢，他从没有听见有哪一条流动的河水带有如此强烈而美妙的音响和含义。他觉得河水仿佛在向他述说什么特别的东西，述说某些正在期待着他去领略、而如今他还不懂得的东西。悉达多曾经想在这条河里溺死自己，今天，那个衰老、疲倦、失望的悉达多已经在这里淹死了。新生的悉达多对这条汹涌向前的河流有着深深的爱，他决定不马上离开这条河流。

渡船夫

我要留在这河边，悉达多暗自思忖，当年我走向世俗生活道路时所经过的正是这条河流，当时有一个待人亲切的渡船夫把我渡过河，我要去找他，我曾经一度从他的茅屋里开始自己一种新的生活道路，现在这种生活业已衰老死去——但愿我目前的道路，我目前的新生活能够在那里得到一个好收场！

他温柔地望着翻滚的河水，这一片清澈的碧水，勾画出了富于神秘气息的水晶般透明的线条。他望见从水底深处升起一串串闪闪发光的珍珠，望见一个个安详的气泡在明镜似的水面上游动嬉戏，望见湛蓝色的天空映在水面上。这条河流正以自己千万双眼睛望着他，有绿眼睛，也有白色的、天蓝色的眼睛，还有水晶般的眼睛。河水使他心旷神怡，他多么爱这条河，多么感谢它啊！他听见自己心里有个声音在说话，这个新觉醒的声音对他说：爱这条河流吧！留在它身边吧！向它学习吧！噢，是的，他愿意向它学习，愿意倾听它的声音。谁若懂得这条河流以及它的秘密，在他看来，那个人肯定也会懂得许多别的东西，懂得许多别的秘密，懂得一切秘密的。

而他今天只看见了河水的一个秘密，就立即抓住了他的灵魂。他看到：河水滚滚奔流，永不停息地流逝，然而却又像总是停留在原地，不管怎样，河水永远是相同的水，而在每时每刻又都是全新的水！噢，有谁了解它们，懂得它们的感情呢！他并不懂得和了解它们的感情，他只觉得心里正升起一种预感，那遥远的回忆和神道的声音在他脑海中萦绕。

悉达多挺直身体，腹内强烈的饥饿感使他难以忍受。他继续朝前漫步走去，沿着岸边小道，沿着汩汩流水，一面倾听着波涛的拍打声，一面倾听着自己体内饥肠辘辘的咕咕声。

他来到渡口，看见渡船正停泊在原处，而渡船夫也依旧是当年摆渡一个青年沙门过河的那个船夫，这船夫正站在船里，悉达多认出了他，那个人也老了很多。

"你愿意渡我过河吗?"他问。

渡船夫看见一位衣着华丽的绅士孤身一人,又是自己徒步走到河边,感到很吃惊,他请客人登船后,便把船撑开了。

"你选择了一种美丽的生活,"客人对他说,"每天生活在这条河流上,又天天行驶在水面上,肯定是非常美妙的。"

渡船夫一面摇橹一面微笑着回答道:"这种生活是很美,先生,正如你所说的。难道不是每一种生活,每一种工作都很美的吗?"

"但愿如此。可我还是很羡慕你和你的工作。"

"啊,你很快便会失去兴趣的。它可不是一桩适合服饰华丽的人干的工作。"

悉达多哈哈大笑。"由于这身衣服,我今天已经被人考察过一次了,而且是以不信任的目光进行考察的。你愿不愿意,艄公,接受我这身已成为我累赘的衣服?因为应该让你知道,我身无分文,付不出渡船费。"

"先生在开玩笑。"渡船夫笑着回答。

"我没有开玩笑,朋友。你瞧,我过去曾白白搭你的船渡过一次河,愿上天保佑你。我今天同样也身无分文,因此就请收下我的衣服吧。"

"那么先生不就要光着身子赶路了吗?"

"嗨,我但愿不再继续登程。艄公,如果你能够给我一条旧围裙,接受我充当你的助手,更确切地说,是当你的学徒,那真是再好不过的了,因为我首先得学会如何驾驭船只。"

渡船夫久久地注视着陌生人，思索着。

"现在我认出你了，"他终于说道，"你曾在我的茅屋里睡过一夜，打那以后直到今天，总有二十多年了吧，当年我把你渡过河去后，我们就像好朋友一样分的手。记得你那时是一个沙门？你的名字我可想不起来了。"

"我叫悉达多，你上次看见我时我是一个沙门。"

"那么我欢迎你，悉达多。我叫华苏德瓦。我希望你今天依然做我的客人，睡在我的茅屋里，并且告诉我，你从何处来，为什么这身华丽衣服使你感到沉重。"

他们已来到河心，华苏德瓦加紧划着桨，迎着逆流朝对岸前进。他用有力的双臂镇静自若地划着桨，目光直视着船头。悉达多坐着，看着渡船夫，回忆起自己沙门时代的最后一天，当年自己心里也曾激起过对这人的热爱之情。他感激地接受了华苏德瓦的邀请。当他们抵达河岸后，他帮助渡船夫把船固定在木桩上，渡船夫把他让进茅屋，用面包和水款待他，悉达多津津有味地吃着，还津津有味地吃着华苏德瓦端给他的杧果。

太阳落山时分，他们两人一起坐在河岸边一棵大树的树干上，悉达多便开始向渡船夫叙述自己的出身和生平，描述自己在今天，在那些绝望的时刻，眼中所见到的景象。他一直讲到深夜。

华苏德瓦全神贯注地听着。他一字不漏倾听着悉达多的出身、童年时代，所学习的一切，所探寻的一切以及他的一切欢乐和灾难。这正是渡船夫的伟大德行之一——很少有人能够懂得像他这般倾听。用不着华苏德瓦说一个字，讲述者就觉得渡船夫已经把他的话全都记在心上了，他如此宁静、坦率、耐心地听着，不错过一句话，没有丝毫不耐烦的神色，也不插嘴表示任何赞美或者责备，只是静静倾听着。悉达多感到自己有幸结识这么一位乐于听他讲述的人，真是交了好运，可以把自己的一生，自己的追求和苦恼都深深埋藏在他的心里。

当悉达多的叙述将近尾声时，当他讲述到河边的那棵大树，讲到自己的堕落，讲到神圣"唵"的作用，讲到自己在那次睡眠之后对河水所具有的深厚的感情，这时渡船夫比方才更加注意地倾听着，他双目紧闭，全神贯注地倾听着。

后来悉达多沉默了，两人很长一段时间都没有说话，过后华苏德瓦终于说道："情况正如我所想的。河水和你说了话。你也是它的朋友，所以它也和你讲话。这很好，好极了。和我待在一起吧，悉达多，我的朋友。从前我有一个妻子，她的床铺就在我旁边，她已经去世很久很久，我已经单身生活了很长时间。你现在就和我一起生活吧，这里的房子和食物足够我们两人享用。"

"谢谢你，"悉达多说，"我谢谢你，我接受你的邀请。我还应该谢谢你，华苏德瓦，你如此善意地倾听我说话！很少有人懂得倾听，我没有碰见过像你这么懂得倾听的人。就这方面我也要向你学习。"

"你是要学习这个本领的，"华苏德瓦回答说，"不过不是跟我学习。是河水教会我倾听的，你也将向它学习这一本领。它懂得一切，这条河流，人们能够向它学习一切。你瞧，你已经在向它学习了，这样学习很好，你要不断地努力，沉下去，往深处探索。富裕而高贵的悉达多要当一个船夫的助手，有教养的婆罗门人悉达多要成为一个渡船上的船夫：这也是河水向你说的。你将来也会从它那里学到其他许多东西。"

又过了一段长长的间歇之后，悉达多问道："还有其他的话吗，华苏德瓦？"

华苏德瓦站起身来。"夜深了，"他说，"让我们去睡觉吧。我不能再跟你说'其他的话'了，噢，朋友。你以后会学习到的，也许你现在就已经懂得了。瞧，我不是一个学者，我不善于讲话，我也不擅长思索。我只懂得倾听和待人诚恳，此外便一无所长。倘若我能言善辩，会开导人，我大概已成为一个圣人，然而我只是一个渡船夫，我的任务只是渡行人过河。我已经为许多人摆渡，成千上万的人，我这儿的河流在所有这些人眼中都只是他们旅途中的一个障碍而已，并无任何其他意义。他们为了金钱和买卖外出，也有人是去参加婚礼，或者去朝山进香，这条河流是他们途中必须经过的，而渡船的船夫正是为他们得以迅速越过障碍而存在于此地的。成千上万人中有个别人，很少几个人，四个或者五个吧，他们听见了这河水的声音，他们倾听着，于是它对他们也像对我一样变得神圣起来，这河流在他们眼中也不再是一重障碍。让我们去休息吧，悉达多。"

悉达多和船夫住在一起，向他学习驾驭渡船，无人摆渡时，他就和华苏德瓦一起下稻田干活，收集柴火或者采摘芭蕉果。他学习制作船桨，学习修补船只，学习编篮子，他对自己所学的一切都兴致勃勃，一天天、一月月就这样飞快地流逝。正如华苏德瓦所说的，河水教导他学得了更多的东西。他不停地向河水学习着。首先向它学习倾听，学习它以宁静的心境、有所期待和敞开的心灵，没有痛苦、欲望、评论和见解，静静地倾听的本领。

他和华苏德瓦一起友好和睦地生活着，话语很少，偶尔才互相交换一些话语，而且都是经过长久思索的。华苏德瓦不喜欢多话，悉达多也难得能激起他的谈兴。

"你有没有，"他某一次问华苏德瓦，"你有没有从河水处学到那个秘密——时间究竟存在不存在？"

华苏德瓦的脸上露出开朗的笑容。

"是的，悉达多，"他说，"你的看法正是事实：河水不论流到何处都是同一时间，不论在源头或河口，还是在大瀑布、渡口、急流中、海洋里、群山间，到处都一样，都是同一时间，因为对于河水说来只存在当前，既没有过去的影子，也没有将来的影子。"

"是这样的，"悉达多回答说，"当我向河水学习这些的时候，我看见了自己的一生，它也是一条长河，儿童的悉达多成了男子汉的悉达多，又成了老头儿的悉达多，分成各个阶段的只是阴影，而并非真实生活。因而悉达多早年的出生并不是过去，而他的死亡以及他的返回婆罗门也并非将来。万物无过去，也无将来；世上万物只存在本质和当前。"

悉达多兴奋地说着，为自己这种大彻大悟而深感幸福。噢，某个人有朝一日能够战胜时间，能够把时间置之度外，他岂非就已经克服和扫清了时间所留下的一切痛苦，一切自我折磨和恐惧，克服和扫清了世界一切困难和仇恨？悉达多越说越兴奋。华苏德瓦却只是微微含笑，容光焕发地看着他，并且赞许地点着头，一声不吭，随后便轻轻地拍了拍悉达多的肩头，转过身子去做自己的事了。

又有一次，正值河水猛涨、水流急湍的雨季时节，这时悉达多又问道："噢，朋友，河水是不是有很多声音，很多种声音？难道它没有一种帝王的声音，一种战士的声音，一种公牛、一种夜鸟、产妇和叹息者的声音，以及成千上万种其他声音吗？"

"事实如此，"华苏德瓦点头承认，"造化的一切声响都存在于它的声音中。"

"你可知道，"悉达多继续问道，"它说的是什么语言，能够让你一下子同时听见它那成千上万种声音？"

华苏德瓦的脸上展现出幸福的笑容，他低头凑近悉达多，在他耳朵边念出了神圣的"唵"。而这恰恰也是悉达多从河水那里听见的声音。

年复一年，悉达多脸上的笑容渐渐地和老渡船夫的有点相似了，几乎同样容光焕发，同样辉耀着幸福感，脸上那千百条细细的皱纹也同样闪闪发亮，脸上也同样有那种孩子气，也同样老态龙钟。许多过路人看见这两个船夫都认为他们是一对弟兄。黄昏时分他们常常一起坐在河岸边的树干上，静静地谛听河水的流动声，水声对于他们俩人已不是水流的声音，而是生活的声音，是神圣的声音，是永恒的未来的声音。于是偶尔便出现这种情况：他们俩人在谛听河水时想到了同一件事情上，想到了前一天的一场谈话，想到了某个过路人，并极力回想这人的脸容和遭遇，他们还同时想到了死亡，想到了他们的童年，每逢河水告诉他们一些美好的事物时，他们的目光就会在瞬息之间不约而同地相遇，两个人思考的恰巧是同一件事，两个人又同时为同一问题的同一答复而感到幸福。

过往行人中有一些人觉察到这条渡船和这对渡船夫有点儿特别。于是偶尔就出现了下列情况：某个行人在凝视两个渡船夫之一的脸容后便开始向他叙述自己的生平，自己的苦恼，忏悔自己的劣迹，恳求安慰和忠告。偶尔还出现下列情况：某个旅客请求和他们共度一个夜晚，以便共同谛听河水。甚至还出现了这等事：某些好奇的人听说这条渡船上生活着两个智慧长者，或者魔术师，或者圣人，就纷纷来到他们身边。这些好奇者向他们提出许多问题，但都没有获得答复，这些人同时发现，他们既不是魔术师，也不是圣贤，只是一对和蔼可亲的小老头儿，他们沉默寡言，看上去有点儿特别，有点儿痴呆。于是好奇者哈哈大笑，互相谈论着传播这一无稽谣言的人是何等愚蠢和易于上当。

许多年过去了，没有人再谈论他们。有一天来了一个朝圣的僧侣，他是活佛加泰玛的一名弟子，请他们把他渡过河去，船夫们从他嘴里知道，到处正流传着活佛病危的消息，说活佛为了拯救世人，将要进行最后的涅槃，因此他要十万火急地赶到自己伟大恩师身边去。隔不多久，拥来了一大群朝圣的僧侣，接着又来了一大批，于是不仅是僧侣，就连大多数过路人和其他游客的话题也离不开加泰玛和他濒临死亡的事情，谁也不谈论别的什么事情。于是就像去参观军队出征或者皇帝加冕，人群从四面八方蜂拥而来，简直是人山人海，他们汹涌集中，简直像蚂蚁聚集一般，他们好似被一种魔力所吸引，纷纷来到伟大活佛将要涅槃的地方，来到将要出现大事的地方，来到一个时代的伟大完人将要达到壮丽境界的地方。

在这段时期里悉达多常常想着这位濒危的圣贤，这位伟大的师长，他曾用他的声音警告他的人民，并且唤醒了几十万的人民，自己也一度聆听过他的声音，也曾满怀敬畏地凝望过他那圣洁的容颜。悉达多愉快地想着他的一切，眼前似乎出现了他走向完善的道路的情景。悉达多含笑回忆起当年年轻时的自己，是怎样向尊敬的长者所陈述的那番言论。那番话现在回想起来都是些既傲慢又少年老成的傻话，他想起它们就不禁发笑。很久以来他就知道自己和加泰玛不会分开太久，虽然自己并没有接受他的学说。不可能的，一个真诚的探索者——一个真诚探索真实的人，不可能接受任何学说的。他却是个过来人，他已找到了一切，他熟谙一切，熟谙每一种学说、每一条道路、每一个目标，世界上不会再有任何东西可以分隔他和其他千百万人，人人都生活在永恒之中、呼吸着神的气息。

这些日子中的某一天，在络绎不绝前往朝拜临死活佛的人群中，也有那位曾经是全城最美丽的高等妓女卡玛拉。她早已退出往日的繁华生活，她把自己的花园馈赠给了加泰玛的弟子们，她接受了加泰玛的学说，她早已成为一切朝圣者的女施主和好朋友。她一听说加泰玛病危的消息后便带着自己的孩子，悉达多的儿子上了路，身上穿着简陋的衣服，步行朝圣。途中她和自己的小乖乖到了这条河边；那男孩早就疲乏不堪了，急着要回家，急着休息，急着吃饭，变得执拗起来，又是哭又是闹。卡玛拉只好不断地让他休息，他已经养成违抗她的意志的习惯，卡玛拉必须经常给他喂食，安慰他，呵斥他。他不明白，他和他母亲为什么必须走上这条又艰苦又劳累的朝圣路途，到一个不熟悉的地方去探望一个是圣贤但同时又是一个快要死的陌生男人。他死他的，和小孩又有什么相干呢？

　　这一对朝圣者已经走到离华苏德瓦渡船不远的地方，这时小悉达多再次请求母亲让他休息。卡玛拉自己也已累乏，趁孩子吃香蕉之际，她也蹲在地上，闭起眼来稍稍休息片刻。突然间，她痛苦地大叫一声，男孩惊慌地看着母亲，她的脸由于惊惧而变得苍白，再往下一看，只见一条小黑蛇正从母亲身下往外游走。蛇已经咬伤卡玛拉。

　　他们俩人赶紧往前跑，想跑到有人居住的地方。当他们来到渡船附近时，卡玛拉倒下了，她已无力继续行走了。那男孩尖声喊叫起来，同时不断亲吻和拥抱母亲，她也随着他的大声呼救一起喊叫着，直至这声音传到华苏德瓦耳中，他正站在渡船上。他飞也似的跑了去，抱起妇人，放到船里，那孩子紧紧跟随着，不一会儿他们进了茅屋，悉达多正站在炉灶边生火，他抬起眼睛，首先看见的是男孩的脸，这张脸令人惊讶地提醒他回忆起某些已遗忘的东西。然后他望了望卡玛拉，一眼便认出了她，虽然她正毫无知觉地躺在船夫的胳臂里。这时他明白，那男孩正是他的亲生儿子，孩子的脸强烈地提醒他想起自己的脸，于是他的心开始在胸膛里剧烈跳动。

卡玛拉的伤口已经清洗干净，但却发黑了，身体也肿胀起来，他们给她服了一剂汤药。她渐渐地恢复了知觉，躺在茅屋里悉达多的床铺上，她过去曾十分热爱的悉达多正弯腰俯身向着她。这一切竟像一场梦境，她微微含笑望着他亲切的脸容，慢慢地才意识到自己目前的情况，想起自己是被蛇咬了一口，接着便惊恐地大声呼唤男孩的名字。

"请不要担心，他就在你身边。"悉达多对她说。

卡玛拉望着他的眼睛。由于毒性的麻痹，她说话已口齿不清了。"亲爱的，你老了，"她说，"你的头发已经灰白。不过你仍然是那个年轻的沙门，那个满脚尘土、不穿衣服到我花园里来的游方僧人。你比当年你离开我和卡马斯瓦密而出走的时候更像沙门了。你的眼睛和那时一样，悉达多。啊，我也老了，衰老了——你还能认出我来吗？"

悉达多笑笑回答说："我一眼就认出了你，卡玛拉，亲爱的。"

卡玛拉指指她的男孩说："你也认出了他吧？他是你的儿子。"

她的眼睛变得呆滞了，又失去了知觉。男孩啼哭起来，悉达多把他揽到自己的膝盖上，听任他哭泣，同时抚摸着他的头发。他注视男孩的脸容，脑子里闪过一段婆罗门的祈祷文，那还是他小时候学会的。他用一种歌唱似的声调开始缓慢地大声念诵，这些来自过去年代和童年时代的词句飞速地在他眼前浮现。在他的歌声抚慰下，孩子逐渐安静下来，偶尔还抽泣一两声，最后便睡着了。悉达多把他放在华苏德瓦的床铺上。华苏德瓦正站在炉灶边烧饭。悉达多望了他一眼，他便报之以一个微笑。

"她快要死了。"悉达多轻声说。

华苏德瓦点点头，炉灶里的火光在他慈祥的脸上闪烁不定。

卡玛拉又恢复了知觉。痛苦扭歪了她的脸容，悉达多的眼睛从她的嘴上，从她苍白失色的脸颊上看到了这种痛苦。他默默无言地读着它们，专注而又耐心地沉浸于她的痛苦之中。卡玛拉也感觉到了这点，她的目光寻找着他的眼睛。

她望见了他，说道："现在我看到你的眼睛也有了变化。它们和从前已经完全不同了。我怎么还能够辨认出你就是悉达多呢？你是悉达多，又好像不是悉达多。"

悉达多默默不语，他的眼睛平静地望着她的眼睛。

"你已经到达了目的地？"她问，"你已经找到了宁静？"

他笑了一笑，把手放在她的手上。

"我看见了，"她说，"我看见了。我也会找到宁静的。"

"你已经找到它了。"悉达多轻声告诉她。

卡玛拉目不转睛地望着他的眼睛。她想起自己原本是想去朝拜加泰玛的，她要见一见这位完人的脸，要呼吸一下他身边的宁静的空气，如今却是悉达多替代了他。这样也好，较之她能够见到那个活佛，应该说是同样的好。她想把自己的想法告诉他，但是她的舌头已不再服从她的意志。她默默地凝视着他，他从她的眼睛里看到生命之火正在逐渐熄灭。当她的眼睛里最后一次满含痛苦，当她的四肢发生了最后一次震颤之后，他用手指合上了她的眼睑。

他坐了很长很长的时间，眼睛望着她长眠不醒的脸容。他久久地注视着她的嘴，那张衰老、疲倦的嘴，嘴唇因死亡而变得狭小了。他回忆起自己在往日青春年少时曾把这张嘴比喻为一枚新摘下的无花果。他久久地坐着，看着眼前这张苍白的脸庞，这张布满了疲倦的皱纹的脸庞，他看着看着，仿佛觉得自己的脸也躺在那床上了，而且同样苍白，同样毫无生气，与此同时他仿佛还看见了自己和她的年轻脸庞，嘴唇红艳艳的，眼睛也闪闪发亮，当前和昔日的两种感情在他身上并存，充盈了他整个儿心灵，这是永恒的感情。此刻他深深感到，比以往任何时候都更为深刻地感到，每一种生命都是不可摧毁的，每一瞬间都是永恒的。

华苏德瓦为他盛了饭，这时他才站起身来。然而悉达多并没有吃饭。在他们的羊厩里，两位老人为自己铺好稻草后，华苏德瓦便躺下睡觉。悉达多却走到门外在茅屋前整整坐了一夜，他谛听着河水的声音，回忆着自己的过去，生平每个时期的光景同时触动并包围了他。他偶尔站起身子，走到茅屋大门边倾听男孩是否还在熟睡。

次日清早，太阳还不曾露出时，华苏德瓦便已走出羊厩来到自己朋友的身边。

"你整夜没有睡觉？"他问。

"没有，华苏德瓦。我坐在这里听河水的声音。它给我讲了很多很多，它用许多神圣的思想，用和谐统一的思想充实了我，给了我深刻的影响。"

"你经受了痛苦，悉达多，但是我看到，你心里并没有任何悲哀。"

"没有，亲爱的。我为什么要悲哀呢？我……我过去曾经富有和幸福，我现在已更为富有和幸福了。我的儿子已来到我身边。"

"我也欢迎你的儿子。不过现在，悉达多，让我们开始工作吧，有许多事正等待我们去做呢。卡玛拉去世时睡的床铺正是我妻子病故时睡的那张床铺。我们要在从前为我妻子筑过柴堆[1]的小山上同样为卡玛拉垛起一座柴堆。"

当男孩还在熟睡时，他们垛起了一座柴堆。

儿子

那孩子哭泣着心惊胆战地参加了母亲的葬礼，当他听说悉达多要把他认作儿子，还欢迎他定居在华苏德瓦的茅屋里时，心里十分忧虑和恐惧。他整日脸色苍白地坐在埋葬着母亲的小山上，他拒绝饮食，紧闭双眼，也紧锁着他的心扉，苦苦地抗拒着自己的命运。

悉达多很爱护他、体贴他，并且尊重他的悲哀。悉达多懂得自己的儿子并不了解他，因而不可能像爱父亲般爱自己。他也慢

---

[1] 印度有些地方，人死后放在柴堆上火化。

慢地看到并且明白这个十一岁的男孩是一个娇生惯养的孩子，是受母亲溺爱的娇子，他在富裕的环境里长大，吃惯了精美食物、睡惯了柔软的床铺，还习惯于对仆人发号施令。悉达多明白，一个娇惯坏的悲伤的孩子是不可能一下子心甘情愿地对陌生而贫穷的环境表示满意的。他不去强迫孩子，千方百计为他设想，把最好吃的东西留给他。他期望用友善和耐心慢慢地赢得孩子的心。

在孩子来临之前，他一直认为自己很幸福和富足。如今随着时光一天天消逝，那孩子却始终对他们很疏远、很冷淡，摆出一副高傲而执拗的姿势，什么活儿都不愿意干，也丝毫不尊敬两位老人，还偷吃华苏德瓦果树上的果子。于是悉达多开始明白，他的儿子并不能给他带来幸福和安宁，带来的只有忧虑和烦恼。但是他爱这孩子，宁愿为他忍受痛苦和烦恼，也不愿意失去孩子而重享往日的幸福和快乐。

自从小悉达多住进茅屋后，两位老人分了工。华苏德瓦又单独一人挑起了摆渡船的担子，而悉达多为了同孩子在一起便负担屋里和田地里的事。

长长的几个月中，悉达多期待着儿子会理解自己，会接受他的爱，也许甚至会有所回报。长长的几个月中，华苏德瓦也一直在旁边观望着、期待着，缄默无语。有一天，当小悉达多又大发脾气折磨他父亲，还摔破了两只饭碗时，华苏德瓦便在当天黄昏时分把自己的朋友拉到一边，对他说出了自己的意见。

"请原谅我，"他说，"我对你说的话完全出于一片好心。我看到你在折磨自己，我也看到你有苦恼。亲爱的，你的儿子苦了你，也让我感到苦恼。这只午轻的小鸟过惯了另一种生活，住惯了另一种窠。他和你不同，你当初出于厌倦和腻味而脱离城市和富裕生活，而让他脱离这一切却完全违背了他的意愿。我已经问过我们的河水，噢，我的朋友，我已经问过它许多遍啦。可河水只是大笑，它笑我，也笑你，它为我们的愚蠢而直摇头。水愿意找水为伴，年轻人愿意找年轻人，因此你儿子不愿意待在这个不适于他生长的地方。你也来问问河水，你也听听它的意见！"

悉达多忧心忡忡地望着那张亲切的脸，这张脸上牢固地刻着许多愉快的皱纹。

"我怎能和他分开呢？"他轻轻地问，很感惭愧，"再给我一点时间吧，亲爱的！你瞧，我正在为他而奋斗，我要争取他的心，用我的爱心和忍耐心去捕捉他的心。总有一天，河水也会和他说话的，他也是河水召唤来的啊。"

华苏德瓦笑得更温和了。"哦，是的，他也是河水召唤来的，连他也属于永恒的生命。可是我们，你和我，是否知道他为什么被召唤？要去哪里？要干什么？有什么痛苦？他的痛苦并不轻微，因为他的心又骄傲又坚硬，这样的心会忍受许多痛苦，犯许多错误，做出许多错事，会承担许多罪孽。请告诉我，亲爱的朋友，你会教育你的孩子吗？你会强他所难吗？你会不会打他？你会不会惩罚他？"

"不会的，华苏德瓦，这一切我都不会去做。"

"我明白。你不会让他为难，不会打他，不会命令他，因为你懂得温柔比生硬更强更有力，水比岩石更强大，爱胜过暴力。

很好，我得赞扬你。但是我又想到，你既不逼迫他，又不惩罚他，会不会犯错误？你不是把你的爱当作绳索捆绑着他吗？你不是每日每时以你的仁慈和忍耐使他蒙受越来越沉重的耻辱吗？你难道没有强迫这个高傲自大而又娇生惯养的孩子和两个食香蕉为生的老人共住一间茅屋吗？这两个老头把米饭也看成是珍馐美味，他们的思想无法和他合拍，他们的心已衰老而又平静，他们的道路也和他截然不同。难道这一切不是对他的逼迫和惩罚吗？"

悉达多惊慌失措地望着地下。他轻声询问道："你认为我该怎么办呢？"

华苏德瓦回答说："你把他带回城市去，带到他母亲的住宅里去，仆人们总还在那里，你就把他交给他们。倘若已经没有人，你就替他找一位老师，不是为了受教育，而是得让他同其他孩子们，同男孩和女孩在一起，那里是他应该在的世界。你竟然丝毫没有从这方面加以考虑？"

"你看透了我的心，"悉达多悲哀地说，"我常常想到这方面的问题。可是你看，我怎能把这个心肠如此硬的孩子送到世界上去呢？他会不会变得骄矜自大，会不会在欢娱和权势中忘乎所以，他会不会重复他生身父亲曾经犯过的一切过失，他也许会完全彻底地沉沦于僧娑洛之中呢？"

船夫的脸上闪出笑容；他轻轻抚摸着悉达多的胳臂，说道："朋友，问一问河水吧！听，它正在嘲笑你呢！难道你真的看不出你为了让儿子避免犯错误，自己正在干蠢事吗？你能保护你儿子不陷于僧娑洛之中去吗？你怎么做呢？通过开导、通过祈祷，还是通过告诫的方式？亲爱的朋友，你难道完全忘记了关于婆罗门人的儿子悉达多的有教育意义的故事啦？这个故事就是你坐在这里亲口告诉我的。当时有谁能够保护他不坠入僧娑洛，不坠入罪恶、贪欲和愚昧之中？难道他父亲的虔诚，他老师的教诲，他自己的知识以及他个人的探索精神能够保护他吗？有哪一位父亲、哪一位老师能够保护自己的儿子，让他不去经历自己的生活，让他免受生活的玷污，让他避免承担罪恶，让他免于饮啜生活的苦酒，让他不去探寻自己的道路呢？亲爱的朋友，难道你相信也许有什么人可以避免这条道路？也许你的儿子因为你爱他，因为你愿意他避开一切痛苦、烦恼和失望而可以避免走这条道路？但是你即使为他死去十回，你也不可能丝毫改变他的命运。”

华苏德瓦还从来没有说过这么多话。悉达多客气地向他道谢后，满怀忧虑地回到茅屋里，久久不能入眠。华苏德瓦向他说的这些话，其实他自己早就考虑过，心里早就十分清楚了。可是这仅仅是一种认识，他却做不到，他对于孩子的爱，对于孩子的一片柔情，以及生怕失掉这个孩子的心情都远远胜过这种认识。他过去曾对什么人如此倾心相待过吗？他曾经对哪一个人爱得如此盲目、痛苦、绝望却又如此幸福吗？

悉达多不能遵循朋友的忠告去做，他不能放弃自己的儿子。他听任孩子向他发号施令，忍受对他的轻蔑。他沉默着，期待着，开始每日以亲切友好的方式作沉默的斗争，以忍耐的方式进行无声的战争。而华苏德瓦也默默无语地期待着，十分亲切、谅解和耐心地期待着。他们两人都是忍耐的大师。

有一回，那孩子的脸容让他极其确切地回忆起了卡玛拉，使他不禁突然想起一句话，那是很多年前他们俩都还年轻时，卡玛拉对他说的。

"你不能够爱别人。"她当时这么对他说。他表示赞同，还把自己比作天上的一颗星星，却把别人比作枯落的黄叶，然而他后来还是觉察到她这句话里包含着责备的意思。事实上他从来没有由于爱别人而干下蠢事。他认为自己不可能这么做，而且他当时觉得这就是他和其他一般幼稚人的巨大区别所在。如今呢，自从儿子来到这里后，连他悉达多也完全变成了一个幼稚的人，一个受痛苦折磨的人，一个爱得丧失了理智的人，一个由于爱而变成了傻子的人。终于在他一生的晚年，连他也有了这种最强烈、最罕见的感情，这种感情引导着他，让他痛苦，然而也使他觉得幸福，觉得内心有所更新，更丰富了。

他确实认为对儿子的这份爱，这份盲目的爱是一种狂热，是十分世俗人性的，它就是僧娑洛，一道暗淡的泉水，一股阴暗的水流。尽管如此，他也感觉到，这种感情并非毫无价值，而且是必然的，因为它产生于他的天性。他不得不遍尝一切，乐趣也好、痛苦也好，甚而还有愚蠢。

在这段时期里，儿子总是让他干蠢事，反复为难他，并且整日用发脾气来折磨他。在儿子眼中，这个父亲没有任何吸引力，也没有任何让他害怕的东西。他是一个好人，好父亲，一个温和善良的人，也许是一个极其虔诚的人，甚至是一个圣人——但是所有这一切品德全都不是能够赢得一颗孩子的心的特性。对于孩子来说，这个父亲硬把他留在这座贫困的茅屋里简直是太无聊了，他讨厌这个父亲，因为他对自己的一切顽皮无礼总是报以微笑，对一切辱骂报之以亲切，对一切粗暴报之以和蔼，他认为这正是一个老伪善者的最可憎恨的狡诈伎俩。这个孩子宁愿受父亲威吓，宁愿受父亲虐待。

小悉达多这种思想有一天终于大爆发，他公然反抗自己的父亲了。这天老人分配给他一点工作，吩咐他去拾些柴火。这孩子却不离开茅屋，他直挺挺地站着，满脸怒火，使劲用脚蹬着土地，并且还挥舞着拳头尖声喊叫着，朝他父亲脸上投去憎恨和轻蔑的目光。

"你自己去捡树枝吧！"他口喷白沫，大声叫道，"我不是你的仆人。我知道你不打我，你根本就不敢；你就只会用你的虔诚和宽容来惩罚我，让我觉得自己渺小。你想让我变成像你一样的人，也是那么虔诚，那么温和，那么明智！可我呢，听着，我绝不让你称心，我宁愿变成强盗、杀人犯，去进十八层地狱，也不当你这样的人！我恨你，你不是我的父亲，即使你曾经十次当过我母亲的情人！"

他满腔怒火和悲伤，猛然向他父亲倾泻出一连串狂暴而恶毒的话语。然后那孩子便跑开了，直到夜里很晚的时候才回来睡觉。

第二天早晨孩子不知去向，一只用两种颜色的树皮编织的小篮子也失踪了，篮里盛着两位船夫仅有的一些铜币和银币，都是别人付给他们的摆渡报酬。而且连渡船也失踪了，悉达多遥遥望见船只正停泊在河对岸。那孩子逃走了。

"我要把他追回来，"悉达多说，昨天听了孩子那一番无情无义的话后，他悲痛得心里发颤，"一个小孩子单独一人是穿不过森林的。他会遭逢不幸。我们赶紧扎一只木筏子，华苏德瓦，否则过不了河。"

"我们是该造一只木筏，"华苏德瓦回答说，"才能把孩子弄走的渡船重新划回来。至于那个孩子就让他走吧，朋友，他已经不是小小孩，他懂得如何卫护自己的。他会找到回城里去的路的，请你记住，他有权这么做。他现在所做的事恰巧是你自己曾逃避的事。他要自己照顾自己，他要走自己的路。啊，悉达多，我看到你现在很痛苦，可是人们对你这种痛苦只能报以耻笑，不久之后你自己本人也会为此感到可笑的。"

悉达多不回答。他已经拿起斧子开始建造竹筏。华苏德瓦上前帮忙，使劲用草绳把竹竿捆扎在一起。接着他们上了筏子向对岸划去，湍急的河水把他们冲了回来，但他们奋力逆流而进。

"你为什么带着斧子？"悉达多问。

华苏德瓦答道："我们渡船上的桨可能已经丢失。"

悉达多明白他朋友的心里想的是什么。他考虑到那孩子会扔掉船桨或者干脆把它折断，为了复仇，也为了阻碍他们追踪他。事实上船桨果真失踪了。

华苏德瓦指指渡船底部，望着他朋友微微一笑，好像在说："你难道没有看见你儿子想向你说什么话吗？你难道没有看见他不愿意被别人追踪吗？"当然，这些话他并没有说出口。他沉默地动手制造新桨。悉达多还是同他道了别，起身去追寻那失踪的人了，华苏德瓦却也未予劝止。

悉达多在树林里搜寻了很久之后才想到自己这么做完全无济于事。他想，这个孩子说不定早已走出树林回到城里，或者他还在半路上，但一看到有人追赶肯定会躲藏起来。悉达多再继续往下想，他发现自己并没有为儿子担心，因为他内心深处感到孩子既没有在林中遭逢不幸，也没有遇到危险。尽管如此，悉达多仍然不停歇地继续往前走去，不再是去拯救他的儿子，而是由于本能的要求，想到也许可以再看一眼他的孩子。他一直朝城市方向走去。

当他来到城外那条宽阔的大路上时，他站住了，望着那座漂亮的花园别墅的入口，这地方从前属于卡玛拉，他就是在这里第一次看见坐在轿子里的她。于是往日的情景又浮现在他脑海中，他看见自己站在那边，一个年轻的、满脸胡子的、赤裸裸的沙门，头发上沾满尘土。悉达多久久伫立不动，从开着的大门口向花园深处望去，他看见穿黄色僧衣的僧侣们在浓绿的树荫下走来走去。

他久久伫立着，沉思着，似乎看见了自己往日的生活景象，听见了飘逝的历史的声音。他久久伫立着，望着那些僧侣，仿佛觉得，他们变成了那个年轻的悉达多，变成了那个年轻的卡玛拉，他们俩正并肩漫步在大树下。他清晰地看到自己如何接受卡玛拉的款待，接受她的第一次亲吻，她和他如何轻蔑地回顾他的婆罗门生涯，如何自豪而又满怀渴望地开始了他的世俗生活。他又看见了卡马斯瓦密，看见了仆人们，看见了那些盛大的宴会，那些赌徒，那些音乐师，他又看见了笼子里卡玛拉那只会唱歌的小鸟，过去的一切又重新经历了一遍，僧娑洛又呼吸了一次，于是他又重新感到衰老和疲倦，重又感到恶心，重又感到那种企求解脱自己的愿望，重又体味到那神圣的"唵"。

在他久久伫立于花园大门口之际，悉达多领悟到，驱使自己来到此处的热望是绝对愚蠢的，因为他不可能帮助自己的儿子，也不可能让儿子依附于他。他深深感到对那个逃走的孩子的衷心热爱，同时却也觉得这份爱的伤口并不会在他内心骚动，而必然很快开花结果，放出光彩。

但是在目前这个时刻，这个伤口尚不能开花结果，也不能放出光彩，只是让他十分悲哀。驱使他赶到此地追寻逃走的儿子的愿望既已消失，他心中便只剩下一片空虚。他悲伤地坐下来，只觉得内心有什么东西正在死去，只觉得一片空虚，他看不到任何欢乐，任何目标。他十分颓丧地坐着，期待着。这是他向河水学会的本领：等待、忍耐、倾听。于是他就坐着，倾听着，在这条尘土飞扬的大路上，倾听自己的心脏如何疲惫而悲哀地跳动，他期待着一个声音。

他蹲在那里倾听着，许多钟点过去了，往日的情景也不见了，他已潜入空虚之中，他听任自己潜没，不再寻求任何道路。当他感到伤口灼痛时，他就无声地念着"唵"，用"唵"来充实自己。花园里的僧侣们看见了他，因为他已在那里蹲了许多钟点，灰白的头发上积满了尘土，于是有一个僧侣走过来在他身前放下两只香蕉。老人没有抬头望他。

有一只手碰了碰他的肩头，把他惊醒了。他当即认出对自己作这一温柔羞怯一触的是谁了。他抬起身子，向来寻找他的华苏德瓦问好。他望望华苏德瓦那张善良的脸，望着脸上那些充满了纯真笑容的一条条细小的皱纹，望着那一对开朗的眼睛，于是他自己也禁不住笑了。他的目光望见了面前的两只香蕉，便拿起来，递了一只给船夫，自己吃着另外一只。他默默无言地跟着华苏德瓦走进树林，走向渡口的茅屋。他们两人谁也不说话，都不提今天发生的事，谁也没有提到那个孩子的名字，没有人讲到他的逃走，谁也不去碰那个伤口。

悉达多回到茅屋就躺倒在自己的床铺上，片刻后，华苏德瓦走到他身边，想送一杯椰子汁给他喝时，发现他已睡着了。

唵

伤口很久也不愈合。悉达多有时不得不摆渡一些携带儿子或女儿的旅客过河，没有人发现他羡慕这些人，没有人发现他在想："千千万万的人都拥有这种最温馨的幸福——为什么我却没有？就连那些坏人、窃贼、强盗都有自己的孩子，可以爱他们，同时也为他们所爱，只有我没有。"他就这么简单而毫无理性地想了又想，使自己变得和那种儿童似的人们一模一样。

现在他对别人的态度已经和从前大不相同，不再那样高傲自大和盛气凌人，而较为热情、关切和好奇。当他像往常一样渡行人过河时，形形色色儿童似的人们，买卖人，士兵们，妇女们看来都不像从前那样使他觉得陌生。他理解他们，他并非由于思想和观点与他们相同而理解他们，而是因为在指导生活的动力和愿望上和他们相一致，他觉得自己和他们一样。虽然他已接近完美境界，而且正在承受他的最后一个伤口，但他仍然感到这些儿童似的人都是他的兄弟，他们的种种虚荣、贪心和可笑之处在他眼中已不再可笑，而是可以理解的、可爱的，甚至是值得尊敬的。一个母亲对自己孩子的盲目的爱，一个有教养的父亲对自己独生子的愚蠢而盲目的自豪感，一个爱虚荣的青年妇女疯狂地追求装饰品和男人们的欣赏目光，所有这一切欲望，所有这些孩子气，所有这些单纯而愚蠢，然而却极其强大、极富于生命力并掺杂着强烈欲望和贪心的感情，如今在悉达多眼中已不再是儿童行径，他看出人们为它而活着，看出人们为它们而无休止地忙碌，进行旅游，发动战争，忍受无穷尽的烦恼，他因此而爱他们，他看到了他们的生活，那种活生生的、不可摧毁的生活，那种婆罗门人在他们所有感情、所有行动中所表现的生活。这些人所表现的盲目忠诚、盲目强壮和坚韧也是可爱的，令人钦佩的。就觉悟而言，就人类生活和谐统一的觉悟意识而言，他们什么也不欠缺，学者和思想家对他们无可指摘，哪怕是微不足道的小事，哪怕是这件小事的细枝末节。有些时候，悉达多甚至还怀疑，自己是否对学问、对思想估价过高，自己是否也可能是一个儿童气十足的思索者，一个有思想的儿童似的人。总之，凡夫俗子的能力和智者贤人的能力是相等的，甚至还常常超过智者贤人，正如野兽一样，它们为了生存，在某些时刻也会不受迷惑地顽强搏斗，似乎能够超过人类。

有一种认识在悉达多的头脑里逐渐酝酿成熟，那认识就是：他一生为之长期探索的目的是什么，究竟是些什么样的智慧。这个智慧归根结底无非就是一种灵魂形成的准备，一种能力，一种神秘的艺术；它能够在生活中的每一瞬间进行和谐统一的思索，既能够感受到和谐统一，也能够吸入这种和谐统一。渐渐地，这一思想在悉达多的脑子里日益滋长发展，又在华苏德瓦衰老的孩子似的脸庞上体现出来，这就是和谐，就是对世界、微笑和统一的永恒完美性的认识。

然而悉达多的伤口依旧在燃烧，他苦苦思念着自己的儿子，他卫护着自己对儿子的爱和心里的柔情，听任痛苦咬嚼自己的心，干出了一切爱的蠢事。他决不愿意自己扑灭这场火焰。

有一天，这个伤口灼痛得特别厉害，悉达多匆匆上了渡船，心里只有一个念头，赶紧离船，赶快进城去寻找自己的儿子。河水温和地流着，轻轻地潺潺流着，当时正是旱季，但是他觉得河水的声音响得有点特别：它在笑！清清楚楚地在笑。河水在笑，在清脆而明朗地尽情嘲笑着这个年老的船夫。悉达多停住不动了，朝河水弯下身躯，以便听得更清楚些，他看见了在静静流逝的水面上倒映出来的自己的脸，这张倒映在水面上的脸使他回忆起了某些东西，某些业已忘却的东西，于是他便沉思起来，并且找到了它：这张脸和过去自己一度熟识、热爱、又害怕过的另一张脸完全一样。那就是他父亲——婆罗门人的脸。他还回忆起许多许多年前，他，一个年轻人，如何强逼父亲答允他出门苦修，自己如何同父亲告别，如何远走高飞，并且从此没有再回过家乡。难道他父亲没有忍受过他儿子目前忍受的同样的痛苦吗？难道他父亲不是没有再见自己的儿子一面就一个人孤零零地离开人世了吗？难道他就不应该预期有这同样的命运？这种循环重复，这种环绕着人类关系转圈子的循环，是否是某种喜剧，某种奇怪而愚蠢的事情？

河水在微笑。是的，事实正是如此，世界上的人，只要还没有熬到头，没有得到解脱，那么一切都会重复，重复忍受这同样的痛苦。悉达多想到这些便重又坐到了船里，重新回茅屋去了。他怀念父亲，怀念儿子，他为河水所嘲笑，他内心进行着斗争，他要绝望了，然而更想要向自己和整个世界放声大笑。啊，伤口还没有愈合，他的心还在为卫护自己而同命运抗争着，他从痛苦中还没有看见愉快和胜利的光芒。然而他已觉察到了希望，因此他要回转茅屋去，他感觉有一种不可制服的愿望，要向华苏德瓦敞开自己的心扉，要向他袒露自己的胸怀，向他这位倾听大师诉说自己的一切。

华苏德瓦正坐在茅屋里编着一只篮子。他已经不再为人摆渡，因为他的视力业已衰退，不仅是眼睛，他的胳臂和手也不行了。永远不变、永远存在的只有他脸上那欢乐而又开朗的善良表情。

悉达多坐到老人身边，慢慢开始述说。他现在讲的是过去没有说过的事，讲到他当年是如何进城的，讲到那灼痛的伤口，讲到他看见那些幸福的父亲时的妒忌心情，讲到自己的理智如何认识自己的愚蠢，却又徒劳无益地为此而斗争。他把凡是能够讲的一切统统都讲了，连那些最最羞愧难言的事情都没有漏掉，他什么都说，什么都暴露无遗，能讲的全都讲了。他向华苏德瓦展示自己的伤口，也坦白了今天的脱逃，讲述自己如何渡河，说这完全是儿童式的脱逃，只是打算进城去转一圈，又讲到河水如何嘲笑了他。

当他讲述着，慢慢地讲述着，而华苏德瓦带着平静的神情默默倾听着的时候，悉达多觉得，华苏德瓦的倾听本领较之当年他所感到的更为强大了，他发现，他向他灌输的种种痛苦、焦虑，还有他那些秘密的希望，全都被对方所接纳了。向这位倾听者披露自己的伤口，完全如同在河水里沐浴，使自己浑身凉快，仿佛和河水融为一体了。当他滔滔不绝地讲述着，不断供认、忏悔着的时候，悉达多越来越强烈地感到，对面已经不再是华苏德瓦，已经不再是一个凡人，这个倾听他说话的人，这个一动不动的倾听者倾听他的忏悔就像一棵大树承接雨水一般，这个一动不动的人本身就是河流，就是神道，就是永恒。当悉达多停止说话，思考着自己，并抚摩自己的伤口时，华苏德瓦业已改变特征的这一认识便占据了他，他对这一点的感觉越是深刻，也就越加不惊奇，就越加清楚地看到，一切都很正常，很自然，因为华苏德瓦很久以来，几乎可以说始终如此，只是他自己过去没有完全认识到而已，是的，他自己过去确实没有认识到这点。他感觉自己现在看待老华苏德瓦就像普通人看待神道一样，他知道这种情况不可能维持长久；他开始在自己内心向华苏德瓦告别。同时，他仍然不间断地往下述说着。

他讲述完毕之后，华苏德瓦便用他那亲切的、略略显得暗淡的目光望着他，华苏德瓦没有说话，只是默默向他投射着爱和欢乐、理解和知识。他携起悉达多的手，带他走到河边的老地方，同他一起坐了下来，然后含笑微微地望着河流。

"你已听见河水的笑声，"他说，"但是你并没有听见一切声音。让我们一起倾听吧，你会听见更多声音的。"

他们倾听着。河水温柔地奏出许多声部的合唱声。悉达多望着河水，在流动的水流上映现出一系列图像：他的父亲出现了，孤孤单单，因思念儿子而满脸悲伤；他自己出现了，孤孤单单，他也被思念远方儿子的感情锁链紧紧捆绑着；他儿子出现了，也是孤孤单单的，那孩子也为自己汹涌翻腾的青春欲望的炽热绳索所约束，每个人都建树起自己的目标，每个人都被自己的目标所控制，每个人都痛苦万分。河水吟唱着一种痛苦的声音，它吟唱着一种渴念之情，它怀着渴念之情朝自己的目标流逝而去，它鸣响着一种悲伤的声音。

"你听见了吗？"华苏德瓦的缄默的目光在询问他。悉达多点点头。

"请更用心倾听！"华苏德瓦喃喃地说。

悉达多努力地更加用心倾听。他父亲的形象，他自己的形象，他儿子的形象，交错流到了一起，连卡玛拉的形象也出现了，但又都破碎消失了，接着是戈文达的形象，还有其他人的形象，统统交错在一起，又统统随着河水而流逝，大家都把河流看成自己的目标，渴望着、祈求着、苦恼着，而河水吟唱的声音里也充满了渴望，充满了火焚似的痛苦，充满了无法餍足的渴求。河水正奋力朝自己的目标奔驰。悉达多朝匆匆流逝的河水瞥了一眼，他目前所见的河流不属于他或其他任何人，而是属于它自己，所有这些浪花和流水急匆匆地、痛苦地流向自己的目标，流向无数的目标，流向瀑布，流向湖泊，流向急流，流向海洋，它们到达了所有的目标，随即又有新的目标接踵而来，于是水变成蒸汽上升到天空，变成雨水又从天空倾泻而下，成为泉水，成为小溪，成为河流，又努力寻求新的目标，又急匆匆流向新的目标。但是河水的声音已经改变。它仍然探索地、充满痛苦地鸣响着，但是已经有另一种声音掺入其中，那是既欢乐又痛苦、既美好又丑陋的声音，那声音既喜笑颜开又低沉悲哀，是上百种声音、上千种声音的混合。

　　悉达多倾听着。他已全神贯注，完全沉浸于倾听之中。他心中一片空白，只是向河水吮吸不已，他觉得自己此刻已把倾听的本领学到了。河水中这千万种声音，他过去也常常听见，今天听来显得格外新奇。他已不能再区别这无数种声音，区别不出哭泣声中的欢笑声，成人身上的孩子味儿，它们全都紧密联结在一起，渴求者的责骂声，智慧者的嬉笑声，愤怒者的尖叫声，濒死者的悲叹声，一切都浑然一体，一切都在互相交织，互相联系着，千百次地互相交错结合在一起。客观世界已把一切都统统集合在一起，一切声音、一切目标、一切欲望、一切苦恼、一切娱乐、一切善良和恶毒统统集合在一起。河流上发生的事情集中了一切，这就是生活的音乐。当悉达多全神贯注地谛听河水所唱出的千百种声部的歌曲时，当他既不带烦恼，也不带欢笑地倾听时，当他的灵魂并不同任何一种声音相关联，却让自我融入其中时，他所听见的是一切，是整体，是统一，因为这首由千万种声音组成的伟大歌曲已凝聚成一个独一无二、无比出众的字，它叫"唵"，它就是完美无缺。

"你听见了吗？"华苏德瓦的目光再度提出询问。

华苏德瓦的笑容光辉灿烂，照亮了他那衰老脸庞上的每一道皱纹，正像"唵"字响彻于河水的一切声音之上。他带着光辉灿烂的笑容凝视着自己的朋友，此时悉达多脸上也展现了同样光辉灿烂的笑容。他的伤口开出了花朵，他的痛苦放出了光芒，他的自我已经融入和谐统一之中。

在这个时刻，悉达多停止了和命运搏斗，也停止了烦恼。他的脸上盛开着知识的欢乐之花，他再也不同任何欲望作对，他已认识完美无缺，他赞同河流上发生的一切情况，他赞同那充满了哀伤和欢乐的生活的滚滚河水，他委身于水流，他属于和谐统一。

当华苏德瓦从岸边自己的座位上站起身子，望望悉达多的眼睛，看见其中辉耀着欢乐的知识之光时，便以自己特有的温柔和谨慎的方式，用手轻轻触一触他的肩膀说道："我一直在等待这个时刻，亲爱的。这个时刻终于来临了，让我走开吧。我等待这个时刻已经很久很久，如同我很久以来一直是渡船的船夫华苏德瓦一样。现在一切均已足够。再见吧，茅屋，再见吧，河流，再见吧，悉达多。"

悉达多向辞行者深深鞠躬告别。

"我早已知道，"他低声说，"你要到森林里去吗？"

"我进森林去，我进入和谐统一中去。"华苏德瓦容光焕发地回答。

他容光焕发地走了；悉达多目送他远去。悉达多怀着深深的愉快、深深的诚意目送他远去，望见他的步伐充满宁静，望见他的头上光辉灿烂，望见他的整个身躯光芒四射。

戈文达

有一次，戈文达趁休息之际和另外几个游方僧到一座花园别墅逗留过片刻，这正是高等妓女卡玛拉赠送给加泰玛信徒们的那座花园别墅。他听人说起一个年老的渡船船夫，居住在离该地大约一天路程的河流边，很多人都认为那人是一个圣贤。当戈文达重新启程时，他选择了去渡口的道路，他渴望见到这个船夫。因为他虽则在自己一生中按照法规生活了很长时间，在那批较为年轻的僧侣中，也以他的年老和谦逊而为他们所尊重，然而他内心里那种骚动和探求的渴望依旧没有平息、熄灭。

他来到河边，他请老人为他摆渡，当他们抵达对岸，他要离船时，便对老人说："你为我们僧侣和朝圣者做了许多好事，你为我们许多人渡过河。请问，船公，你是否也是一个寻找得道之路的探索者？"

悉达多的老眼含着笑意回答说："你称自己为一个探索者，

噢，尊敬的人，但是你不是年事已高了吗，而且又穿着加泰玛派的僧衣？"

"我确实已经年老，"戈文达说，"但是我并没有中止探寻。我永远也不会停止探索，这看来已成为我的决定。而你呢，看来也曾探寻过。尊敬的人，你愿意对我说说吗？"

悉达多回答："老人家，我能够对你说什么呢？还是说说你探索很久的东西？说说你为什么探索不已而无所得？"

"什么意思？"戈文达问。

"当某个人探索的时候，"悉达多回答说，"事情看来很容易，因为他眼睛里只看见这件他所追寻的东西，但是他什么也找不到，什么也都不能够进入他的内心，因为他脑子里永远只是想着这件东西，因为他只见到一个目标，因为他被自己的目标所支配了。探索应该称为：我有一个目标。寻找则应该称为：自由自在，独立存在，漫无目的。你，可敬的人，也许事实上是一个探索者，因此你努力追求你的目标，而当它就在你近旁时，你瞧着它却又觉得不入眼了。"

"我还不十分明白，"戈文达请求似的问道，"你说的是什么意思？"

悉达多回答："从前有一次，噢，可敬的人，好多年以前你曾来过这里，你在河边找到一个沉睡的人，你就坐在他身边，守卫着这个入眠者。可是你没有认出他，噢，戈文达，你没有认出这个沉睡的人。"

那游方僧惊讶得好似着了魔，瞪目望着船夫的眼睛。

"你是悉达多?"他胆怯地问,"这一次我也没有认出你!我衷心向你问好,悉达多,又能见到你,我真是高兴!你有了很大改变,朋友。——这么说,你现在真是一个渡船的船夫?"

　　悉达多亲切地笑笑:"一个渡船夫,是的。戈文达,一些人必须大大改变自己,一些人必须穿上形形色色僧衣,我也是你们中的一个,亲爱的。欢迎你,戈文达,今儿晚上就在我这茅屋里住下吧。"

　　戈文达当晚便住在茅屋里了,他睡在过去华苏德瓦睡的床铺上。他向青年时代的朋友提出了许多问题,悉达多不得不把自己的许多经历讲给他听。

　　待到第二天破晓,新的一天即将开始之际,戈文达不无犹豫地开言道:"在我继续登程之前,悉达多,请允许我再提一个问题。你有没有自己的学说?有没有一种信仰或者理论,你追随它,它指引你在生活中行于正道?"

　　悉达多回答说:"你知道,亲爱的,当我还是一个年轻人,当我们俩人还在森林里和那些悔罪者共同生活时,我就已经对种种学说和它们的宣扬者产生怀疑,而且终于离弃了它们。我现在仍然如此。虽然我后来又有过许多指导者。很长一段时期内,一位美丽的高等妓女曾是我的老师,一个富有的商人和几个掷骰子赌徒也是我的老师。有一次一位年轻的游方僧也当过我的老师;他在朝圣途中看见我熟睡在树林里,就坐在我身边守候卫护。我也从他身上学到了东西,我也非常感谢他,非常的感谢。而使我学到最多的是这条河流,还有我的先行者,那位渡船船夫华苏德瓦。他是一个非常普通的人，这位华苏德瓦并非思想家，但是他懂得一切必要性，他理解得和加泰玛一样好，他是一个完人，一个圣贤。"

戈文达说："你还是老样子，噢，悉达多，我觉得你还是爱开点儿玩笑。我相信你，我知道你并没有追随任何老师。但是如果你没有自己的学说——尽管还谈不上是学说，那么难道就不去找一种思想或者一种认识，用以为你所用并且指点你的生活？如果你就这一方面给我稍作点拨，我要向你衷心道谢。"

悉达多回答说："我曾经有过思想，是的，有时也有过认识。我常常一个钟点或者整整一天，觉得脑子里充满了某种认识，这感觉就像是一个人生活在自己的内心世界里一样。某些思想便是这样，但是我又很难向你表达。你瞧，戈文达，下面就是我所找到的思想之一：智慧是无法表达的。当某个智者试图向人表达智慧时，那智慧听起来总像是愚蠢。"

"你在开玩笑吧?"戈文达问。

"我没有开玩笑。我说的是我所找到的东西。人们能够传授知识，却不能传授智慧。人们能够找到它，能够生活于其中，能够享受它，能够因它而造成创伤，但是人们却不能够叙述和讲授它。这便是我早在青年时代有时候就已隐约感到，后来又继续向许多老师学到的东西。我找到了一种思想，戈文达，你一定又会说它是笑话或者是愚蠢，而它却是我最好的思想。它就是：每一种真理其对立面也同样真实！也就是说：一种真理如果是片面的，那么就会让人们挂在嘴边说个不停。人们头脑能够想到的思想，嘴巴能够说出的话语，都是片面的，一切都是片面的，一切都只是不完整的一半，一切都是整体、圆形、统一体中的残缺部分。当加泰玛活佛讲述关于世界的学说时，他便不得不把自己的学说分解为僧娑洛和涅槃、错觉和真实、痛苦和解脱。除此而外，人们别无办法，对于一个愿意学习的人，不存在任何别的道路。但是世界本身，不论是我们周围的客观世界，还是我们内心世界，全都不是片面的。一个人，或者一件事，绝不可能纯粹属于僧娑洛或者属于涅槃，而一个人也绝不可能绝对圣洁或者绝对邪恶。在我看来，因为我们受到一种错觉的支配，认为时间大概就是现实。其实时间并不是一个真实的东西，戈文达，我对此已有过许多次经验。如果时间确是非真实的，那么，看来存在于自然世界和永恒之间、痛苦和幸福之间、善与恶之间的差距，似乎也只是一种错觉了。"

"什么？"戈文达恐惧地问。

"好好听，亲爱的，好好听着！有罪孽的人，我是，你也是，都是有罪孽的人，但是他将来总有一天又要重新成为婆罗门，他将来总有一天会到达涅槃境界，会成为活佛的——现在你看：这个'总有一天'是一种错觉，仅仅是一种譬喻而已！这个有罪孽的人并没有走在通向成为活佛的半途中，他没能够掌握自己的发展，尽管我们的思想除此之外并不知道想象任何其他东西。错了，在有罪孽的人身上，现在和目前就已存在未来的活佛的影子，他未来的一切已全部具备在他身上，你会崇敬他、崇敬你自己、崇敬每一个未来可能会变成活佛、眼下却隐蔽着的人。亲爱的戈文达，世界是不完善的，或者可以理解为正走在一条通向完善的漫长道路上：不，它在每一瞬间都是完善的，一切罪孽本身便包含着宽宥赦免，所有儿童身上都具备老年的东西，一切婴儿身上带着死亡。而一切死亡者却有永恒的生命。没有一个人能够预测另一个人的道路会有多么长，强盗和掷骰子的赌徒会发展成活佛，而婆罗门会发展成强盗。在深邃的冥思中人们有可能使时间中断，使一切过去的、现存的和未来的生活同时呈现，使一切都美好，一切都完善，一切都属于婆罗门。因此在我眼中什么都是好的，死亡和生存一样，罪孽和圣洁一样，智慧和愚蠢一样，万物原本如此，一切都只需要得到我的认可，我的允诺，我的亲切承认就行，因而它们于我总是美好的，绝不会有任何损害。我从自己肉体和灵魂的经验中知道我十分需要罪恶，需要肉欲欢乐，我追求财富，爱虚荣，需要最卑劣的悲观失望，以便学会放弃抗拒，学会爱世俗世界，不再使任何人对我寄予希望，拿我和假想的世界相比较，把我想象成某种完人，而我自己则对世俗世界只是听其自然，还它的本来面目，我愿意爱这个世界，愿意隶属于它。——这些东西，噢，戈文达，就是进入我意识中的一部分思想。"

悉达多弯下身子，从地上捡起一块石头，放在手中掂量着。

"我捏在手里的，"他像玩耍似的说，"是一块石头，它过了一定的时间也许会变成土地，从这块土地上会生长出植物，动物或者人类。而我从前大概会说：'这块石头不过是一块石头而已，它毫无价值，它是属于玛雅[1]世界的，但是它经历轮回变化之后也许能够成为人类或者鬼神，所以我也赋予它价值。'我从前大概会如此考虑的。而我今天想的却是：这块石头是一块石头，它同时也是动物，也是神道，也是活佛，就这点来说我并不尊敬它也不爱它，因为它总有一天会成为这个或者那个，而事实上它不论多长时间将永恒如此——恰恰由于这一点，由于它是一块石头，由于它今天和现在以石头面目出现在我眼前，我便爱它，并且看到它的价值和意义，这些价值和意义存在于它的每一道纹路和疤痕里，存在于它的黄色中，存在于它的灰色中，存在于它的硬度中，也存在于我叩击时它所发出的声响中，存在于它表面所呈现的干燥或者潮湿中。有许多石头摸着像油或者肥皂，也有些像树叶，像沙子，每一块都和另一块有所差异，每一块都以自己独特的方式祈祷'唵'，每一块都是婆罗门，却都同时恰如其分地是石头，是滑溜溜或者油腻腻的石头，而我恰恰欢喜这一点，让我惊奇不已，让我顶礼膜拜。——不过我再也不可能说得更多了。话语对于隐秘的思想没有好处，每当人们说出什么的时候，那东西立即就会稍稍走样，稍稍被歪曲，稍稍显得愚蠢——是的，就连这一点也极好，也极令我欢喜，我也极表同意，因为在某一个人视作珍宝和智慧的东西，在另一个人听来却往往是很愚蠢的。"

戈文达默默倾听着。

---

[1] 印度教中一种幻想中的宇宙。

"你为什么给我讲这些关于石头的话？"他迟疑片刻后问道。

"没有什么目的。或者也许由于我们刚刚看见了这石块、这河流以及所有这些东西，使我产生联想，想到我们可能会向它们学习，会爱它们。我会爱一块石头，戈文达，我也会爱一棵树或者一块树皮。这些都是东西，而人是能够爱东西的。我却不能够爱话语。因而种种学说对我毫无作用，它们没有硬度，没有温暖，没有色彩，没有棱角，没有香气，没有味道，它们除去话语外便一无所有。也许它们便是阻碍你找到和平的东西，也许它们就是那无数的话语。因为连道德和拯救，连僧娑洛和涅槃也仅仅是话语而已，戈文达。世上不存在涅槃这种东西，只存在涅槃这个词语。"

戈文达说道："朋友，涅槃不仅是一个词语，它是一种思想。"

悉达多接着说："一种思想，可以这么说。我必须向你承认，亲爱的：对思想和话语我区别得并不十分严格。坦率说吧，我也不是很看重思想的。我最看重的是物体。举一个例子，在这条渡船上，从前有一个人是我的前辈和老师，一个圣洁的人，许多年中他单纯地信仰这条河流，此外便什么也不想。他发觉，河水的声音是在同他说话，他便向它学习，河水教导他，指点他，河水在他眼中成了一位神道。许多年他不知道，每一阵风，每一朵云，每一只鸟，每一只甲虫都完全一样的神圣，它们懂得的也同样多，也能像这条可敬的河流一样教导他。但是当这位贤人进入森林之后，他立即就会懂得这一切，比你和我懂得更多，不需要老师，不需要书籍，只因为他过去曾经信仰过河水。"

戈文达说："你称之为'物'的，是一些真实和客观存在的东西吧？会不会只是一种玛雅的幻觉，只是一种概念和托词？你的石头、你的树木、你的河流——它们都是真实的东西吗？"

悉达多却回答说："就连这些我也不十分在意。不管这些东西是不是托词，其实我自己也属于托词，因此它们永远是我的同类。这便是我如此爱它们，如此尊敬它们的原因——它们都是我的同类。我因而能够爱它们。这些话现在已是你将加以嘲笑的一种学说，也是爱的学说。噢，戈文达，爱如今在我眼中是一切事物中最主要的事物。看透世界、阐释世界、蔑视世界，这是一个伟大思想家的事。对于我，唯一可做的事情是：能够爱这个世界，不蔑视它，不去憎恨它和我自己，能够怀着爱、惊叹和敬畏的感情去观察它、我以及其他一切生物。"

"你讲的我都懂，"戈文达说，"但是活佛恰恰指出这些都是欺骗。他教导我们善良、宽容、同情和忍耐，却没有教我们爱；他禁止我们让尘世的爱束缚住我们的心。"

"我理解的，"悉达多说，脸上的笑容闪烁出金光，"我理解的，戈文达。你瞧，当年我们在丛林里就曾有过口角之争。我不能否认，我这些关于爱的言论存在矛盾，在表面上同加泰玛的言论有矛盾。我正因为对话语言论十分怀疑，所以我懂得，这种矛盾是假象。我懂得，我和加泰玛是一致的。他怎能不承认爱呢。他，认识人类生存中的一切暂时性和虚无性，却仍然如此热爱人类，因而在他独特的漫长而艰难的一生中始终致力于帮助人类，教导他们！就在你伟大的导师身上，在他的身上，我所看重的也是他的事迹远胜于他的话语，他的行为和生活远比他的言论更为重要，他双手的举动也较他的思想更为重要。我看到他的伟大之处，并非是他的言论，他的思想，而是在他的行动上，他的生活里。"

两位老人沉默了很长时间。后来戈文达一面向对方鞠躬辞行，一面说道："我感谢你，悉达多，你向我讲述了你的一些思想。这全都属于一种罕见的奇想，我一下子并不能全部理解。它们很可能都是合乎实际的。我感谢你，我祝愿你生活安宁。"

（他私下里却暗暗想道：这个悉达多可真是一个怪人，说的都是一些古怪的想法，他的学说听着很愚蠢。佛陀加泰玛的纯洁学说听着就完全不同，明朗透彻，容易为人理解，丝毫也不包含任何奇怪、愚蠢或者可笑的东西。但是我觉得悉达多除去他的思想之外，还另有特别之处，他的双手和双脚，他的眼睛，他的额头，他的呼吸，他的微笑，他的问候，还有他的步态，莫不如此。自从我们的佛陀加泰玛涅槃而去之后，我永远没有，永远也不曾再碰见任何一个人，在他面前让我感到：这是一个圣人！唯独他，这个悉达多，使我有这种感觉。他的学说可能很奇怪，他的言论可能听着很愚蠢，但是他的目光、他的双手、他的皮肤和他的头发，统统都闪耀着纯洁，闪耀着宁静，闪耀着开朗、宽容和圣洁的光芒，这些，除了曾在我们尊敬的佛陀弥留之际见过之外，我就没有从任何其他人身上看见过）

戈文达如此思索着，心里却很矛盾。出于一种爱慕之情，他又朝悉达多鞠了一躬，他向那静静坐着的人深深鞠了一躬。

"悉达多，"他说，"我们都已经是老人。我们俩人恐怕很难再看见另一个人活着的躯体了。我看出，亲爱的，你已经寻找到宁静。我承认我自己未能找到它。请告诉我，可敬的人，请再告诉我一句话，告诉我一些我能够掌握，我能够懂得的话！赠给我一些话，让我带着上路吧。悉达多，我的道路常常很艰难，常常很昏暗。"

悉达多沉默无语，只是含着那永远平静的微笑望着他。戈文达怀着恐惧，怀着渴望瞪目凝视着悉达多的脸。他的目光里明显地露出痛苦和永恒的寻觅，永恒的无所收获。

悉达多看到了这点，于是微微笑了。

"你朝我弯下身来！"他轻轻地在戈文达耳边低语，"你朝我弯下身子！对，再靠近些！再近些！请吻我的额头，戈文达！"

戈文达十分吃惊，然而一种巨大的爱慕之情吸引他听从悉达多的吩咐，他朝悉达多弯下身去，用嘴唇触了触他的额头，于是他发现自己身上有了一些不可思议的感觉。当他的脑子里还在考虑着悉达多那些奇谈怪论，还在徒劳无益地和这些言论进行着斗争，努力抛开时间观念，努力把涅槃和僧娑洛想象为一体的时候，当他甚而还对自己朋友的言论抱一定的轻蔑感，同自己对朋友的爱和尊敬之情剧烈斗争的时候，便发生了下列情况：

他不再看见自己朋友悉达多的脸，却代之以其他的脸庞，许许多多、长长一大串的脸，像一条汹涌大河似的脸庞，成百张脸，成千张脸，一张张来了又去了，又一下子同时出现在眼前，所有这些脸都不停地变化着，不断更新，然而统统都是悉达多的脸。

他看见的是一条鱼的脸，一条鲤鱼的脸，永远痛苦地大张着嘴，是一条死鱼，眼球也已碎裂。他看见一个新生婴儿的脸——红红的，满是皱纹，因啼哭而歪扭着。他看见一张杀人凶手的脸，看见那人将一把刀子插进另一人的身躯内——就在这同一瞬间，他看见这个犯人被捆绑着跪在地上，一个刽子手猛然一下砍掉了他的脑袋。他看见男男女女的赤裸裸的躯体，正做着爱情的剧烈姿势。他看见直挺挺的尸首，它们安宁，冰冷，脸色苍白。他看见无数动物的头，有公猪的，有鳄鱼的，有大象的，有公牛的，也有鸟类的。他看见许多神道的像，看见了克利什那神 [1] 和阿奢尼 [2] 神。他看见所有这些躯体和脸庞以千万种方式互相联系在一起，每一个都声援着另一个，他们爱着，他们恨着，他们消亡了，他们又获得了新生，每一个都抱有死的愿望，有一种对于短暂人世的痛苦而热烈的忏悔感，然而却没有一个得以死去，每一个只是自我转化着，连续不断地新生，又连续不断地获得一个新的脸庞，而在这一张脸和另一张脸之间并不存在时代的区别——所有这些躯体和脸庞都静息着，流动着，生产着，漂浮着，又互相汇集在一起，而恒久地在一切之上的仍是某种薄薄的、无实质的，但却是实际存在的东西，好似铺上了一层薄薄的玻璃或者冰层，好似一大片透明的皮肤，好似一个由水所形成的薄壳、模型或者面具，这个面具微微含笑，这个面具正是悉达多含笑的脸庞，这脸庞正是他，正是戈文达在同一瞬间用嘴唇轻轻接触过的。此刻

---

[1] 婆罗门教和印度教三大神之一"毗湿奴"的第八化身。

[2] 婆罗门教火神。

戈文达看到，这个面具，这个和谐统一的面具是高高超越一切流动的躯体之上的，这个永恒存在的面具是超越千百万生者和死者之上的，而悉达多脸上的笑容也完全同它一样，同时也和加泰玛活佛脸上的笑容完全一样，活佛的笑容他从前曾满怀崇敬地凝望过上百次，都是同样的平静，细致，不可捉摸，也许还带点儿亲切，带点儿嘲讽和聪慧的神情，是千百种变化多端的笑容的总和。这时候戈文达才明白，这是一个完人的笑容。

戈文达不再知道有时间，不再知道这一展现持续了一秒钟还是整整一百年，不再知道对面有一个悉达多还是有一个加泰玛，不再知道自己和他人的存在，好似有一支箭穿透了他的内心最深处，伤口的味道却是甜蜜的，让他内心深处受到迷惑，获得解脱。戈文达又站立了片刻，然后朝刚才他亲吻过的悉达多的平静脸庞躬身致意，这张脸刚才曾经是世上一切形象、一切未来、一切现实活动的舞台。这张脸毫无变化，它表面上的那种深邃的千变万化已重新消失，它平静地微笑着，轻轻地、温柔地微笑着，也许是一种十分亲切的微笑，也许是一种挖苦味十足的微笑，和那位活佛的笑一模一样。

戈文达深深鞠躬行礼，泪水情不自禁地淌满了他那衰老的脸庞，好似一把火点燃了他内心最深处的爱和最恭顺的尊敬的感情。他深深地弯下身去，几乎要触到了地上，向坐在面前的这个一动不动的人敬礼，这人的笑容让他回忆起所有的一切，回忆起自己一生中当年曾经爱过的一切，回忆起自己一生中当年曾经认为有价值和神圣的一切。

ⓒ　赫尔曼·黑塞　2017

图书在版编目（CIP）数据

悉达多 /（德）赫尔曼·黑塞著；张佩芬译. — 沈阳：万卷出版公司, 2017.4（2021.11重印）

ISBN 978-7-5470-4196-3

Ⅰ.①悉… Ⅱ.①赫… ②张… Ⅲ.①中篇小说—小说集—德国—现代 Ⅳ.①I516.45

中国版本图书馆CIP数据核字（2016）第123324号

出 品 人：王维良
出版发行：北方联合出版传媒（集团）股份有限公司
　　　　　万卷出版公司
　　　　　（地址：沈阳市和平区十一纬路25号　邮编：110003）
印 刷 者：辽宁新华印务有限公司
经 销 者：全国新华书店
幅面尺寸：145mm×210mm
字　　数：200千字
印　　张：7.5
出版时间：2017年4月第1版
印刷时间：2021年11月第4次印刷
责任编辑：史　丹
责任校对：高　辉
封面设计：棱角视觉
版式设计：展　志
ISBN 978-7-5470-4196-3
定　　价：38.00元
联系电话：024-23284090
传　　真：024-23284448